Illustration de couverture : Marion Bataille
Graphisme : Frank Secka

Parc Saint-Joseph - BP 3522 - 12035 Rodez CEDEX 9
Tél. : 05 65 77 73 70 - Fax : 05 65 77 73 71
info@lerouergue.com - www.lerouergue.com

Kivousavé

DU MÊME AUTEUR

Romans et nouvelles

CE QUE JE SAIS D'ELLE, Arléa, 2006
L'HOMME-HORLOGE, le Mercure de France, 2006
L'ÉDIFIANTE HISTOIRE DE GREEN.COM, A Contrario, 2004
LOU ET LILAS, Pétrelle, 2000
SOLEIL GLACÉ, le Serpent à plumes, 1999
CANNIBALE BLUES, Pétrelle, 1999
LA PRINCESSE JAPONAISE, Critérion, 1995 (prix Goya du 1er roman et prix du premier roman de l'Université d'Artois)
CAMILLE, IN LES COUPONS DE MAGALI ET AUTRES NOUVELLES, éditions Sépia, 1994 (premier prix des Inédits de RFI-ACCT)

Romans jeunesse

CET HIVER-LÀ, Oskar éditions, 2008
COMMENT JE SUIS DEVENUE GRANDE, Rageot, 2006
LE QUATUOR DE MÉLODIE, Pocket jeunesse, 2006
LE FILS DE L'OCÉAN Rageot, 2005 (prix Livre Mon Ami 2006)

Une précédente version de ce roman a été publiée sous le titre *La Princesse japonaise*, aux Editions Critérion, en 1995.

http://beatrice.hammer.free.fr

Kivousavé

Béatrice HAMMER

doAdo
ÉDITIONS DU ROUERGUE

Pour Armand,
Héloïse
et Thaïs

« L'histoire est entièrement vraie, puisque je l'ai imaginée d'un bout à l'autre. »
Boris Vian

1

Elle a cru me faire de la peine. Elle a plissé les yeux, glissé sa langue entre ses dents avant de me le dire, ma pauvre fille, ne prends pas tes airs d'orpheline, avec moi ça ne marche pas ; ta mère, elle n'est pas morte, comme tu le crois. Elle est partie quand tu avais deux ans. Tu te demandes pourquoi ? C'est son cul qui la démangeait. Une pute, ta mère. C'était une pute. Voilà la vérité.

Elle voulait me faire de la peine. Sa voix sifflait, ses yeux cognaient, quand elle a vu que je pleurais, elle a cru qu'elle avait gagné. Mais moi, j'étais heureuse. Je suis heureuse, puisque tu es vivante. Je peux t'écrire, entre nous, en secret.

La Vieille ne m'a jamais aimée. Normal, elle n'aime personne. Sauf papa, et le chien. Mais je crois qu'elle préfère le chien.

Elle est sèche, elle est raide, elle a comme des crochets au bout des bras, pourtant c'est des doigts comme tout le monde, mais quand elle te touche, on dirait qu'elle va te griffer. Heureusement, elle ne me touche presque jamais. Sauf le mercredi, quand elle a ses copines à la maison. Là, elle joue la mamie modèle. Viens embrasser ta vieille grand-mère, ma chérie, avec sa voix de quand elle parle au chien. Évidemment, il y a toujours une autre vieille pour dire mais non, vous n'êtes pas vieille, qu'est-ce que je devrais dire. Elle passe sa langue entre ses dents, elle me regarde, elle tend ses griffes, ça veut dire qu'il faut l'embrasser. Sa joue sonne creux, comme une limace avec des poils qui piquent, une limace qui sentirait la naphtaline. Je n'aime pas ça mais je me force : après, souvent, elle me laisse aller chez Catherine ; devant les autres, elle n'ose pas m'interdire. Et puis comme ça, elles sont tranquilles, je ne suis plus là pour les entendre.

Entre elles, elles t'appellent qui-vous-savez. Au début, je croyais que c'était un nom, j'écrivais ça Kivousavé, j'ai même demandé à papa s'il savait qui c'était. Mais un jour, la Vieille m'avait punie, empêchée d'aller chez Catherine, j'entendais tout derrière la porte, elle a baissé la voix, décidément, cette petite tient beaucoup de Kivousavé, une autre a répondu, il n'y a pas de miracle, les chiens ne font pas de chats. C'est là que j'ai compris. Je ne sais pas si je te ressemble, même un peu, mais ça me plaît, le soir j'y pense avant de m'endormir, je ressemble à Kivousavé, je suis comme elle, la Vieille ne m'aura pas comme elle a eu papa.

Papa, pourtant, je l'aime bien. Il pique aussi quand on l'embrasse, mais il sent bon, ses mains sont douces, sa voix est chaude. Sauf quand la Vieille est là.

Le mieux c'est le dimanche après-midi, quand elle dit qu'elle veut faire son ménage tranquillement, sans qu'on lui traîne dans les pattes. On part se promener avec le chien, quand il fait beau on va au parc, on se tient par la main. Papa est différent quand la Vieille n'est pas là. Il est plus grand, il se tient droit, et puis il parle, il raconte des histoires qu'il invente en même temps, juste pour moi, avec des fées, des lutins, des sorcières, moi je suis une princesse, ou alors une mendiante, mais jeune, et qui rencontre un prince.

D'autres fois on s'amuse, même à des jeux très bêtes, par exemple on jette des petits cailloux aux cygnes, ils viennent tous pour manger, ils croient que c'est du pain. Je sais, ce n'est pas très malin, mais nous on rigole bien, moi c'est le rire de papa qui me fait rire. Devant la Vieille il ne rit pas.

Quand il pleut ou qu'il fait trop froid, on va dans un café, je prends un chocolat très chaud, papa me raconte une histoire, ou bien on joue aux cartes. Il ne faut pas le dire, la Vieille serait furieuse, elle dit toujours, les cafés sont des lieux de perdition. Pour la perdition je ne sais pas, mais les cafés c'est agréable.

On a d'autres secrets, avec papa. Par exemple de temps en temps, il fume une cigarette. Après, il mange des bonbons à la menthe, pour pas que ça se sente, qu'il a fumé, sinon la Vieille serait furieuse. Ou bien quand on est juste tous les deux, qu'il n'y a personne aux alentours, on fait des concours, à celui qui fera le plus gros prout. Papa dit que c'est naturel, qu'il vaut mieux rire que de passer toute la journée avec un pet de travers. Moi j'aime bien quand il est comme ça, mais quand la Vieille est là, il ne sait dire que oui maman, et même, des fois, il se met contre moi. Dans ces moments, je le déteste.

2

Il ne veut pas parler de toi. Tout à l'heure, je lui ai demandé, parle-moi d'elle, dis-moi comment elle est, à quel endroit elle vit, pourquoi elle est partie. Ça faisait une semaine que j'attendais qu'on se promène, pour pouvoir poser mes questions sans que la Vieille entende, alors tu penses comme j'avais hâte.

Il s'est mis à mentir. Qu'est-ce que tu me racontes, tu sais bien qu'elle est morte, à quoi bon en parler, c'est inutile, ça me fait mal. Sur le coup j'ai pensé, il ne doit pas savoir, la Vieille lui a caché. Alors je lui ai répété, je ne suis pas une orpheline, elle est juste partie quand j'avais deux ans. Elle t'a dit ça, elle t'a dit ça, il répétait ; comme je répondais oui, il m'a prise par le bras, en me serrant trop fort, on rentre à la maison. Moi j'insistais, est-ce que c'est vrai, mais lui tais-toi, tu parles trop, c'est une histoire de grands tu ne peux pas comprendre.

Je n'aime pas qu'on me traite comme ça, alors je me suis tue. C'était juste le début de la promenade, je n'avais pas eu mon histoire, il me serrait trop fort, ça me faisait pleurer.

On est rentrés à la maison, la Vieille était furieuse, elle allait cirer le parquet, elle a commencé à crier, mais lui l'a arrêtée, il faut qu'on parle, et tout de suite, il m'a envoyée dans ma chambre, soi-disant pour faire mes devoirs, comme s'il ne savait pas que j'ai tout fini hier.

Mon oreille collée à la porte, j'ai entendu, sauf quand ils chuchotaient.

D'abord il lui a dit qu'est-ce qui t'a pris d'aller raconter ça à la petite, la Vieille a répondu, c'est mieux qu'elle sache la vérité, alors papa a dit on s'était mis d'accord, on s'était mis d'accord, pourquoi tu as fait ça, il criait presque. Mon cœur battait derrière la porte, je retenais mon souffle, ensuite la Vieille a dit tôt ou tard elle l'aurait appris, et puis d'abord parle-moi sur un autre ton, sinon je lui dis tout, si tu vois ce que je veux dire. Alors papa a dit mais qu'est-ce que je vais faire, qu'est-ce que je vais lui dire, si elle me redemande, et la Vieille, tu n'as qu'à inventer, pour ça tu as toujours été très fort.

Ensuite ils ont parlé trop bas, puis la Vieille a enflé sa voix, arrête, tu ne trompes personne, c'était une pute, une pute, et rien de plus. Et si tu continues, ta fille va tourner comme elle, elle a ça dans le sang et toi tu la pourris.

Alors papa n'a plus rien dit. Ensuite il y a eu encore la voix de la Vieille, sa voix de quand elle parle au chien.

Il n'est pas venu dans ma chambre. Le soir, à table, il évitait mes yeux, touchait sa bague en la tournant, comme quand il est vraiment gêné. La Vieille passait sa langue entre ses dents.

Elle avait l'air de triompher.

3

Papa ne m'aime plus. Ça fait un mois. Il ne vient plus m'embrasser dans mon lit, il ne me raconte plus d'histoire, et ça fait quatre dimanches après-midi qu'il ne m'emmène pas avec lui. La première fois, il a dit qu'il pleuvait, que j'allais prendre froid ; la deuxième fois, il a dit qu'il avait une chose à faire ; la troisième fois, il n'a rien dit, il est parti avec le chien ; et aujourd'hui il a laissé la Vieille m'enfermer dans ma chambre, sous prétexte qu'elle n'était pas rangée.

Je ne sais pas comment arrêter ça. Au début, c'est vrai, je boudais : c'est lui qui m'a menti, il n'avait pas le droit ; j'attendais qu'il s'excuse. Mais ensuite, j'ai pensé qu'il avait ses raisons, qu'il ne fallait pas le forcer. Peut-être que c'est la Vieille qui a tout arrangé, exprès pour me fâcher avec papa. En tout cas elle jubile. Elle chantonne en étendant le linge, elle passe la langue entre ses dents à tout bout de champ, elle me parle doucement, même quand il n'y a pas ses copines. Mais je la vois venir, elle veut prendre la place de papa, jouer à celle qui dit la vérité, la seule pure dans cette famille de putes et de menteurs.

C'est vraiment dur, papa qui continue à m'éviter. Il fuit les occasions de me parler en tête à tête, il croit que je vais forcément le harceler, lui demander pourquoi il m'a menti, où tu habites, pourquoi tu es partie. Il ne veut pas, à aucun prix. Il préfère encore perdre sa fille.

Mais qu'est-ce que je vais faire ? En temps normal, c'est déjà pas très drôle, mais sans papa, non, ça devient l'enfer. Il faut que je trouve un moyen, qu'il n'ait plus peur de moi, qu'il sache qu'on peut recommencer, qu'on peut continuer comme avant.

« Il était une fois un roi qui avait un secret. C'était un grand secret, très grand, très lourd, qu'il portait avec lui partout où il allait. Pour cette raison, le roi se tenait courbé ; dans son royaume, on disait qu'il était bossu, mais le roi laissait dire, il préférait qu'on croie ça plutôt qu'on sache qu'il avait un secret. Parce que c'était aussi un secret, que le roi avait un secret.

Le roi avait une fille, qu'il aimait tendrement. Il avait l'habitude de se promener avec elle, il se tenait à son bras quand ils marchaient, et son secret était moins lourd. Sa fille ne savait pas qu'il avait un secret, elle l'avait toujours vu courbé, elle trouvait ça normal, et même, elle le trouvait beau, le roi, avec son dos voûté.

Ce secret était bien gardé. Personne dans le royaume ne le connaissait. Personne, sauf une personne. C'était une vieille sorcière, qui habitait au fond d'un bois, dans une cabane, assez loin du château. Le roi savait que la sorcière connaissait son secret, et qu'elle était méchante, mais il était très bon, il n'avait pas voulu la faire tuer. Il la laissait donc vivre dans sa cabane, au fond du bois, à condition qu'elle ne parle à personne. Pour plus de précautions, il avait interdit à ses sujets de s'aventurer dans cette partie de la forêt.

La fille du roi aimait se promener dans la forêt. Elle était obéissante, jamais elle n'avait dépassé les limites que son père lui avait indiquées.

Mais, un jour, en se promenant au milieu des arbres, la princesse vit un petit lapin, tout petit, presque un bébé. Ce lapin boitait. Le roi son père lui avait appris à aimer les animaux, à les soigner quand ils étaient blessés. Aussi la princesse se mit à suivre le petit lapin, pour le guérir. Mais chaque fois qu'elle croyait qu'elle allait l'attraper, il s'échappait, partait un peu plus loin, toujours boitant, puis s'arrêtait sous un arbre en couinant. Ses cris étaient si tristes, la fille du roi ne pouvait pas l'abandonner ; elle s'avançait toujours un peu plus loin dans la forêt, en suivant le petit lapin.

La nuit était presque tombée quand enfin elle parvint à l'attraper. Une grosse épine était enfoncée dans une de ses pattes. La princesse l'enleva délicatement, puis se mit à le caresser un peu pour le rassurer.

C'est alors qu'une vieille femme apparut, portant un lourd fagot de bois. La princesse était bien élevée, elle lui proposa de l'aider. La vieille femme accepta. Elles arrivèrent comme ça à une pauvre cabane, où la princesse déposa le fagot.

– Tu as été bien gentille, dit la vieille femme, et pour te remercier, je vais te dire un secret. Connais-tu le roi ?

– Bien sûr, dit la princesse, je le connais puisque c'est mon père.

Ravie, la vieille femme, qui était en fait la sorcière, passa sa langue entre ses dents. Car c'était elle qui avait enfoncé l'épine dans la patte du petit lapin, qui l'avait envoyé près de l'endroit où la princesse se promenait, en lui ordonnant de courir jusqu'à la clairière la plus proche de sa cabane. Mais la princesse n'en savait rien.

– Certains disent que le roi est bossu, dit la sorcière. Qu'en penses-tu ?

– Ça m'est égal, dit la princesse ; je le trouve très beau comme il est.

– Je vais te dire la vérité, dit la sorcière. En fait, le roi n'est pas bossu, il est bien aussi droit que toi. Mais il a un secret. Si grand, si lourd, qu'il est obligé de se tenir courbé pour le porter. Le roi ne s'en sépare jamais. Il ne veut le montrer à personne. Il ne laisse personne l'aider.

– Comment sais-tu tout ça, toi qui vis au milieu des bois ? demanda la princesse, un peu surprise.

– Cela, je ne peux pas le dire, dit la sorcière. Mais c'est la vérité. Je pense que tu l'aurais apprise un jour ou l'autre, et puis tu as été gentille, c'est pour ça que je te l'ai dite.

– Mais ce secret, dit la princesse, qui est si grand, si lourd qu'il oblige mon père à se tenir courbé, tu le connais ? Dis-moi ce que c'est, je l'aiderai à le porter.

– Cela, je ne peux pas le faire, dit la sorcière. Mais tu peux demander au roi ton père. Tu es sa fille unique, il t'aime beaucoup, à ce qu'on dit. À toi, c'est sûr qu'il le dira.

La princesse passa la nuit chez la sorcière, puis au matin, traversa la forêt pour rentrer au château. Tout le monde était inquiet de sa disparition, surtout le roi, qui avait eu très peur qu'il lui soit arrivé malheur. Il l'accueillit à bras ouverts.

– Père, lui dit la princesse dès qu'ils furent seuls, père, montrez-moi votre secret, qui est si grand, qui est si lourd qu'il vous oblige à vous tenir courbé.

– Un secret !? Quel secret !? rugit le roi. Qui t'a dit ça ?

– C'est la vieille femme, dans la forêt, qui me l'a expliqué, fit la princesse. Oh, papa, laisse-moi le voir, je t'aiderai à le porter !

– Fille indigne, sois maudite ! Tu es allée dans la forêt, là où c'est interdit ! Jamais je n'aurais cru que tu me désobéirais. Va-t'en, je ne veux plus te voir !

Et le roi tint parole. À partir de ce moment-là, il refusa de parler à la princesse. Celle-ci fut d'abord très fâchée, puis les moments qu'elle avait l'habitude de passer avec son père se mirent à lui manquer horriblement. Elle refusa de manger, devint maigre, pâle, incapable de s'amuser.

De son côté, le roi était très malheureux. Il regrettait de s'être emporté aussi vite, mais il ne voulait à aucun prix que la princesse voie son secret. Il avait peur qu'elle profite d'un moment où ils seraient ensemble, détendus, pour regarder sous son manteau, ou y passer la main en cachette. En vérité, la situation était désespérée.

Pendant ce temps, dans sa cabane, la sorcière ricanait. Grâce à quelques oiseaux qu'elle avait ensorcelés, elle se tenait au courant de ce qui se passait au palais. La princesse était alitée, le roi, de plus en plus courbé sous le poids de son secret. Cela faisait plaisir à la sorcière, parce qu'elle était méchante.

La princesse avait une marraine, une fée qui voyageait beaucoup, mais venait lui rendre visite régulièrement.

Quand elle vit l'état de sa filleule, la fée fut très émue. Elle lui fit raconter son histoire. La fée ne savait pas s'il était vrai ou non que le roi avait un secret, mais elle comprit tout de suite que la vieille sorcière était malveillante. Elle fit boire à sa filleule une potion, qui lui fit oublier ce qui s'était passé, depuis le jour où elle s'était aventurée dans la forêt derrière le petit lapin. Puis, elle alla trouver le roi, pour lui expliquer que tout était rentré dans l'ordre ; elle ajouta que pour sa part, elle se souciait peu qu'il soit bossu naturellement ou non.

Le roi se rendit au chevet de sa fille, lui demanda pardon. Quand il vit qu'elle ne comprenait pas pourquoi, il sut que la bonne fée avait dit vrai. Il mit en garde la princesse contre les petits lapins, lui répéta ses recommandations sur la partie de la forêt où elle ne devait pas se promener, et la serra dans ses bras en pleurant. »

4

Je n'arrive pas à dormir, tellement j'ai peur, bien plus que quand la maîtresse regarde sa liste, pour voir qui elle va interroger, et que je n'ai rien appris. J'ai le bout des mains et des pieds glacés, je me sens dure, crispée tellement que mes mâchoires se collent.

J'ai peur qu'il n'y croie pas.

Il faut dire que la fée, la potion, c'est tout inventé. Un peu facile. Je ne vais pas t'oublier comme ça, par un coup de baguette magique. J'ai l'intention de te trouver, et je te trouverai. Mais j'ai compris qu'il ne faut pas compter sur lui. Qu'ici, on ne peut pas parler des choses, quand elles sont importantes.

Papa sort de ma chambre ! Il a vu que je ne dormais pas. J'ai envie de me mettre à rire, tellement je suis contente ! Il m'a dit qu'elle était très belle, mon histoire, que grâce à moi on pouvait se passer de fée, que j'étais une princesse très très intelligente. Il a ajouté que pour fêter ça, demain après-midi, comme c'est dimanche, on ira voir au zoo s'il y a des petits lapins. Après, il m'a prise dans ses bras et il m'a caressé la tête. Ça faisait si longtemps, j'en ai pleuré.

Je me sens mieux. Vraiment bien mieux.

Mais n'aie pas peur, je ne t'oublierai pas. Pas de fée, pas de potion. Je sais que papa m'a menti.

Je jure qu'un jour je trouverai pourquoi.

5

Elle m'a punie, enfermée dans ma chambre et privée de repas du soir, mais ça m'est bien égal, je n'ai pas faim, je peux t'écrire, et puis je me sens bien vengée.

Sa tête devant les autres vieilles !

J'attendais ça depuis longtemps. C'est quand celle qui sent la lavande, celle qui est plus gentille que les autres, m'a demandé si c'était bien, ce que j'apprenais à l'école. Moi j'ai pris ma voix douce, baissé les yeux, j'ai dit que c'était le collège, maintenant, qu'on n'y apprenait pas grand-chose, mais que par contre, grâce à grand-mère, j'apprenais plein de mots nouveaux. Ah bon, m'a dit la vieille à la lavande, quel genre de mots nouveaux ? Des tas, j'ai dit, par exemple elle m'a dit que ma maman était une pute.

La tête de la Vieille ! Sa langue s'est rétractée, elle a blêmi comme un cadavre, et elle n'a rien su dire. Je l'avais prise en traître avec mes yeux baissés, mon air modeste, elle s'attendait à ce que je joue le jeu, comme d'habitude.

Ça a duré longtemps avant qu'elle se reprenne, les autres vieilles la regardaient, finalement elle a bredouillé, mais qu'est-ce que tu racontes, tu dis n'importe quoi, va dans ta chambre immédiatement. Je suis sortie, très digne, avec mon air modeste. Après bien sûr j'ai écouté. Il y a eu encore un silence, puis la voix de la Vieille, mal assurée, allez savoir ce qui a pu lui passer par la tête, une autre a dit, c'est sûr, les jeunes, on n'y comprend plus rien, nous à leur âge, c'était tout de même autre chose, mais pas très convaincue. Elles devaient gamberger, en sirotant leur thé.

Elles sont parties plus tôt que d'habitude. Sûr qu'en sortant de la maison, elles s'en sont payé une bonne tranche sur le dos de la Vieille, vous vous rendez compte, parler comme ça à une enfant, quel âge a-t-elle, déjà, cette petite, en tout cas si elle tourne mal, on l'aura bien cherché, c'est pourtant bien connu, il ne faut jamais dire de mal de ses parents à un enfant, j'ai lu ça quelque part, même les enfants de criminels, ils ont besoin de croire qu'ils sortent de la cuisse de Jupiter, mais cette petite, elle est un peu sournoise, vous ne trouvez pas, dire ça devant tout le monde, pensez-vous, je parie qu'elle ne sait même pas ce que c'est exactement, elle n'a pas pu inventer ça… Les vieilles, entre elles, elles sont féroces.

Le mieux, c'est qu'elle n'a même pas pu aller se plaindre à papa, elle a trop peur qu'il sache qu'elle m'a dit le mot pute. Elle doit faire attention, sinon je dis tout à papa. Par exemple ce soir, elle n'a pas osé me confisquer mes livres, comme elle fait d'habitude quand elle m'enferme. Ça me serait égal, je t'écris à la place, mais ça, elle ne peut pas savoir. Je crois bien qu'elle a peur de moi ; elle me ménage.

Avec papa, depuis le soir où je lui ai donné le conte, tout a recommencé, et ça va comme avant. Pourtant, ce n'est plus tout à fait pareil, savoir qu'il peut mentir comme il a fait, et ensuite me punir quand je m'en aperçois, c'est comme si quelque chose était cassé. En plus, j'ai tout le temps envie de lui parler de toi ; sans fée, et sans potion, c'est difficile de ne rien dire, même quand on l'a bien décidé. J'essaie bien avec les histoires, à chaque fois je demande, cette princesse, tu es sûr qu'elle est orpheline, mais lui, imperturbable, bien sûr, sa mère est morte à sa naissance, je te l'ai déjà dit.

De son côté, je sens qu'il n'est pas bien, papa, pas tout à fait. Il est moins gai qu'avant, on dirait qu'il se force un peu. C'est à lui qu'il en veut, et ça retombe sur moi, c'est bien connu.

Il y a une chose que j'aimerais bien, je sais que ce n'est pas possible, mais tout de même, je voudrais bien. On laisserait la Vieille avec son chien, et nous on partirait te retrouver, avec papa. Pour que tu sois partie, vous avez dû vous fâcher fort, mais maintenant, ça fait longtemps, tu as pu oublier un peu, et puis surtout ça me ferait tellement plaisir. Ou bien alors, pour commencer, tu me prendrais seulement moi, le temps de t'habituer, et puis tu verrais papa s'ennuyer, tout seul avec la Vieille, il te ferait pitié, ça le rendrait gentil, et finalement il viendrait avec nous. Tu vivrais dans une grande maison, tout près d'un lac où il y aurait des cygnes, et moi j'aurais une chambre qui donnerait sur le jardin, avec de la glycine comme chez Catherine, ça sent si bon.

6

Depuis hier, la Vieille est à l'hôpital, elle avait quelque chose au ventre, il paraît qu'ils vont l'opérer, moi je suis bien contente, on se sent drôlement mieux à la maison, juste papa et moi, j'ai presque l'impression d'avoir changé de vie. Je sais que je ne devrais pas, mais j'aimerais bien qu'elle y reste, à l'hôpital. Ce que j'aimerais le plus, c'est qu'elle ne revienne pas.

Le midi, je mange à la cantine, ça n'est pas si mauvais que ça, et puis je mange avec Catherine, comme ça on peut parler. En ce moment, elle a très peur, ses parents parlent de divorcer. C'est une histoire bizarre, pourtant ils s'entendent bien, et puis Catherine a aussi un grand frère, mais ce week-end, ils les ont réunis, pour leur demander ce qu'ils penseraient, si papa et maman divorçaient. Le frère a dit faites ce que vous voulez, ça m'est égal, mais Catherine s'est mise à pleurer, ça fait que ses parents se sont réconciliés. Tu te rends compte, elle me disait, et si je n'avais pas pleuré, tu crois qu'ils auraient divorcé ? Je lui ai dit que même comme ça elle avait de la chance, parce que moi j'ai peut-être pleuré, il y a neuf ans, mais ça ne t'a pas empêchée de t'en aller.

Papa est tout de même soucieux, je crois qu'il a peur pour la Vieille, et puis aussi il n'a pas l'habitude d'être le seul adulte, ça lui fait drôle. Hier soir, c'était marrant, il fallait faire de quoi manger, eh bien il n'avait même pas acheté ce qu'il fallait ! D'habitude la Vieille fait une liste, ou bien elle achète tout dans la journée. Du coup on a mangé des pâtes, avec du beurre et du gruyère, ça faisait des longs fils, vraiment très longs, papa avait tout remis à chauffer exprès, après ça a un peu brûlé au fond de la casserole, mais c'est pas grave, la Vieille n'était pas là pour nous faire la morale. Si elle nous avait vus nous amuser avec nos fils, ça l'aurait rendue encore plus malade, elle doit s'imaginer qu'on est là tous les deux à s'inquiéter pour elle. Il fallait voir la scène, avant qu'elle parte à l'hôpital ! Les poils de son menton tremblaient, vous ne me reverrez peut-être jamais vivante, on aurait cru qu'elle allait s'effondrer. Et papa qui marchait ! Alors qu'elle nous faisait la comédie, juste pour nous gâcher le plaisir.

Je profite qu'elle n'est pas dans la maison pour chercher des choses qui pourraient parler de toi. Je sais, ça n'est pas beau de fouiller mais puisque personne ne veut rien me dire, il faut bien que je me débrouille. Tout à l'heure, je suis allée dans sa chambre, j'ai regardé dans son armoire, ça sentait comme ses joues, la naphtaline, mais je n'ai rien trouvé à part des gaines et des bas noirs.

Il y a un tiroir à son bureau, et un petit coffret bien caché sous son lit, mais ils sont fermés tous les deux, je me demande où elle a mis les clés. Demain, c'est mercredi, je vais chercher méthodiquement, en faisant bien attention que ça ne se voie pas.

7

J'ai le cœur qui bat fort.

Tout à l'heure, j'ai trouvé une clé, celle du coffret que la Vieille a caché sous son lit. Elle était dans sa table de nuit, dans une boîte à suppositoires. Elle ne doit pas la prendre souvent, parce qu'ils sont à moitié fondus, la clé en était pleine, toute grasse, j'ai dû la nettoyer avant de m'en servir.

Dans le coffret, il y avait des lettres. Celles du dessus ne m'intéressaient pas, c'était des lettres du temps où la Vieille était jeune, je n'ai pas tout compris, mais ça ne parlait pas de toi. Mais tout au fond, il y avait une grande enveloppe, et là j'ai trouvé deux papiers. Le premier, c'était une lettre de papa. Elle date d'il y a treize ans, il était à l'armée puisqu'il parle de garnison, de commandant, de permission. Il y a tout un paragraphe où il parle de toi :

Le moment est venu pour moi de t'annoncer une grande nouvelle ; je sais que tu me comprendras, comme tu l'as toujours fait, ma chère maman. Mais tu as déjà deviné, tu as déjà compris entre les lignes... Il s'agit d'une jeune fille. J'en suis tombé amoureux fou, j'arrive à peine à croire à ce miracle... Elle vient de me dire qu'elle partage mes sentiments, elle vient d'accepter de me donner sa main.

Je ne saurais te la décrire, elle est au-delà de ce qu'on peut dire dans une simple lettre, seules la poésie ou la musique pourraient te parler d'elle... Lorsque tu la verras, je suis certain que tu me comprendras. Sa vie n'a pas été facile, ses deux parents sont décédés... Je sais qu'elle trouvera en toi la mère qu'elle n'a jamais connue.

Je ne suis pas sûre de tous les mots, je lisais vite, mais la dernière phrase, je l'ai relue plusieurs fois, et mon cœur battait fort. Alors comme ça, toi aussi tu n'as pas connu ta mère ? Ça fait qu'on est pareilles, on se ressemble encore plus que je pensais. Sauf que pour moi, ce n'est pas parce que tu es morte.

Il y avait autre chose, avec la lettre. Une petite carte postale, qui vient d'Espagne, avec une mer toute bleue, une plage toute jaune et des palmiers tout verts. C'est papa qui a presque tout écrit, il dit que tout va bien, qu'il n'a qu'un seul regret, c'est que " sa chère maman " ne soit pas là pour admirer la mer. Mais, le plus important, c'est que tout en bas de la carte, tu as rajouté quelque chose : *Si le paradis existait sur terre, il ressemblerait à ce que nous voyons de notre fenêtre, affectueux baisers*, et puis tu as signé.

Il y avait une date, j'ai calculé, c'était six mois et trois jours avant ma naissance.

Tu te rends compte, c'était la première fois que je lisais un mot que tu avais écrit. La carte, je l'ai encore, je ne l'ai pas laissée dans le coffret. Je vais la mettre dans ce cahier, comme ça, je pourrai la voir quand je veux.

Ça me donne envie de trouver aussi la clé, pour le tiroir ; j'espère qu'elle ne l'a pas emportée à l'hôpital. Remarque, ça serait bien son genre.

8

C'est vraiment bien, ici, depuis qu'elle est à l'hôpital. On fait plein de choses interdites, par exemple ce soir, on a mangé juste des gâteaux avec du chocolat, ensuite on a décidé d'aller au cinéma, et cinq minutes après on était dans la rue, on a vu un film avec James Bond, le genre qui n'est pas de mon âge, d'après la Vieille.

Ce qui est bien aussi c'est qu'elle ne me coiffe plus, tous les matins. D'habitude elle me fait des nattes, j'ai l'air idiote, bien sage et tout. Mais maintenant, papa me dit fais comme tu veux, alors je laisse mes cheveux libres, flotter au vent, ils sont très longs, comme ça j'ai vraiment l'air d'une princesse.

Au collège ça s'est su, que la Vieille était hospitalisée, moi je l'avais juste dit à la prof de français, parce que je l'aime bien, mais elle a dû aller le raconter aux autres. Ils sont tous très gentils, persuadés que c'est très difficile pour moi, que je suis perturbée. Plus personne ne me gronde si je ne fais pas un devoir ou que je ne sais pas une leçon, même la prof de maths, celle qu'on appelle le dragon, elle ne me dit plus rien. Enfin en général, je les fais mes devoirs, ça me plaît bien, et puis je peux demander à papa qu'il m'aide, sans que la Vieille lui dise, laisse-la un peu se débrouiller toute seule, cette sale gamine. C'est pas que j'aie vraiment besoin qu'on m'aide, dans l'ensemble c'est plutôt facile, mais j'aime bien quand papa est là dans ma chambre, que je lui récite mes leçons, je sens que ça l'épate, que je sache tout ça.

Le soir il me laisse me coucher presque aussi tard que lui. J'ai l'impression que ça lui fait du bien, que je reste éveillée, comme s'il avait peur du noir quand la Vieille n'est pas là. Quand je suis dans mon lit, je demande une histoire, et il me la raconte. Ça commence toujours pareil, il s'assied sur mon lit, je sens les draps bien serrés contre moi et c'est parti, encore une aventure de la princesse et de son père le roi. C'est la princesse de mon conte, il l'a reprise ; de temps en temps je lui demande si le roi est toujours bossu, alors il dit, toujours, mais la princesse ne le voit pas, et même, de temps en temps, il redevient tout droit, quand la nuit est bien noire. Ce qui est bien, avec ce conte, c'est que papa invente des farces pour la sorcière, il fait comme s'il n'avait pas compris qui c'était, comme ça on peut lui faire plein de tortures, on la transforme en limace, on lui fait tomber ses cheveux… Après je dors très bien.

Le seul truc que la Vieille nous a laissé, c'est son horrible chien, celui-là il ne se fait pas oublier, depuis qu'elle est partie il passe son temps à gémir, et d'après les voisins, dans la journée, pendant qu'on n'est pas là, il n'arrête pas d'aboyer.

Je ne suis pas allée à l'hôpital, un coup de chance, dans le service où est la Vieille, on n'admet pas les enfants de moins de douze ans, moi j'en ai onze et demi. Il paraît qu'elle se rétablit tout doucement, j'espère que ça va durer encore longtemps.

9

Aujourd'hui je me suis levée avant papa, j'ai pris un peu d'argent dans le porte-monnaie et je suis allée nous chercher des croissants, et puis aussi une rose, pour lui faire la surprise. Sur le chemin, j'imaginais que tu serais à la maison, à mon retour, que tu étais passée, comme ça, juste pour voir ma tête. En me voyant, tu te disais vraiment, c'est bien ma fille, et de voir ça et comme on était bien avec papa, ça t'aurait donné envie de rester.

Ce genre d'histoire c'est inventé, n'empêche, ça me fait du bien d'y penser, depuis que j'ai eu cette idée, je me sens mieux.

J'ai envie de tout faire pour que tu puisses être fière de moi quand tu viendras.

C'est tellement mieux quand la Vieille n'est pas là, je m'en doutais mais je ne pensais pas que c'était à ce point, par exemple hier papa a dit qu'il voulait bien que Catherine vienne à la maison, elle va dormir ici, tu te rends compte ? Ce genre de chose, c'est impossible avec la Vieille, d'ailleurs je n'aurais pas envie quand elle est là.

Papa a dit qu'il allait faire des crêpes, c'est une drôlement bonne idée. Il m'a raconté que quand il était petit il aimait tellement ça qu'il voulait toujours en manger, alors la Vieille avait fini par lui apprendre et elle le laissait faire. C'est bizarre d'imaginer la Vieille gentille, lui apprenant à faire des crêpes, mais s'il le dit, c'est que c'est vrai.

Pour que Catherine puisse dormir dans ma chambre, on a sorti le matelas pneumatique, celui qu'on prend pour les vacances, qu'est-ce qu'on a ri en le gonflant, ensuite on a commencé à sauter dessus, d'abord moi et puis papa aussi, il disait ce n'est pas raisonnable, ça pourrait l'abîmer, mais il sautait quand même, à un moment j'ai dit si ta mère nous voyait, et on s'est tous les deux roulés par terre en rigolant.

10

Ça a du bon, son côté radoteur, et après tout ce temps qu'elle a passé coincée à l'hôpital, sans ses séances du mercredi, elle en avait à rattraper, alors évidemment, j'ai laissé traîner mes oreilles derrière la porte.

Bien sûr, il a d'abord fallu subir la description de son opération, comment c'était à l'hôpital, inadmissible, les infirmières incompétentes et les médecins guère mieux. Une autre vieille a voulu raconter son ablation du sein. J'ai failli me décourager, retourner dans ma chambre, mais pas si bête, histoire de les aider à changer de sujet, j'ai passé mon nez à la porte. Là ça n'a pas loupé, elle a encore grandi, c'est incroyable, on dirait une jeune fille, tout le portrait de sa grand-mère, enfin tous les trucs habituels. Mais ça valait la peine. La Vieille était crispée, depuis l'histoire des mots nouveaux, elle se méfie. J'ai demandé si je pouvais prendre un gâteau, c'est la vieille qui sent la lavande qui les fait, ils sont très bons, on m'a dit oui alors j'en ai pris trois et je suis partie en courant. Ensuite j'ai attendu derrière la porte, les commentaires.

Elle est bien vive, cette petite, a dit la vieille à la lavande.

C'est vraiment elle la moins méchante de toutes, je ne sais pas comment elle fait pour supporter les autres, elle doit se sentir seule, chez elle, je crois que son mari est mort et qu'elle n'a pas d'enfant.

Ça pour manger, elle est bien vive, a dit la Vieille. Mais pour le reste... Bien sûr, au collège ça marche assez bien, mais ce n'est pas parce qu'elle travaille, non, pensez-vous, travailler c'est bien trop fatigant, mademoiselle est au-dessus de ça, elle se laisse vivre. Elle tient ça de Kivousavé. Pour l'instant elle s'en tire, mais je suis bien tranquille, un jour ou l'autre ça lui fera du tort, exactement comme à Kivousavé.

Ah oui ? a dit la vieille à la lavande, que j'ai bénie immédiatement.

Vous savez ce que je veux dire, a fait la Vieille. Quand on a trop de choses, comme ça, sans faire d'efforts, un jour ou l'autre on tombe sur un bec, et ce jour-là ça fait très mal.

Vous voulez dire qu'en se mariant... J'adore la vieille à la lavande.

En se mariant ? La Vieille a fait un bruit, genre jument qui hennit. Pensez-vous donc, ça c'était bien dans la lignée. Mettre le grappin sur mon fils, ça n'a pas été difficile, vous pouvez me croire. Ce grand nigaud, il ne connaissait pas la vie, elle vous l'a emberlificoté sans qu'il ait le temps de dire ouf. Mais moi, j'avais bien vu la chose. D'ailleurs, je l'avais prévenu, une femme comme ça, ça ne t'apportera que des ennuis. Il n'a pas voulu me croire, vous connaissez la suite.

Ça c'est sûr, la suite on la connaît, a fait une autre vieille. Et elles se sont toutes mises à ricaner. J'attendais que la vieille à la lavande fasse encore sa naïve, du genre excusez-moi, vous savez comme j'ai mauvaise mémoire, mais c'était quoi, déjà la suite, mais elle s'est tue, elle devait être fatiguée, ou peut-être qu'elle en a assez, cette histoire-là, depuis le temps, elle doit la connaître par cœur.

Comme ça tu as plein de diplômes. Ça ne m'étonne pas, c'est bien comme ça que je t'imaginais. Tu veux savoir comment je t'imagine ? Un peu comme ma prof de français, avec un beau sourire, des cheveux blonds, des jupes de toutes les couleurs, un air intelligent, et des petites remarques qui prouvent que tu as tout compris. Je voudrais bien que ce soit vrai, et puis te ressembler vraiment. Kivousavé... On dirait un nom de princesse chinoise. Je vais demander à papa, la prochaine fois, de lui faire épouser le roi. Avec un peu de chance, peut-être qu'il voudra bien.

11

J'ai de la chance, je suis tombée malade. Une grosse grippe, et en plus une otite, le médecin a dit que j'étais courageuse, de ne pas pleurer, parce que ça fait très mal.

Papa est venu m'apporter un plateau avec de quoi manger, c'est le médecin qui l'avait dit, il faut qu'elle reste au lit. La Vieille était bien embêtée, ce matin elle m'avait forcée à me lever pour avaler mon chocolat. Je me sentais bizarre, la tête lourde, je n'arrivais pas à marcher, j'aurais voulu rester couchée, mais la Vieille m'a traitée de comédienne, de paresseuse, de sale gamine, alors j'ai obéi. Quand elle a vu le thermomètre, elle s'est un peu calmée, plus de quarante, ça n'est pas habituel, mais c'est papa qui a dit qu'on appelle le médecin tout de suite, et donc c'est grâce à lui que je reste dans mon lit, et qu'on m'apporte à manger sur un plateau. Si je n'avais pas mal dans mes oreilles, enfin si je n'étais pas vraiment malade, je trouverais ça drôlement bien.

J'ai eu droit à papa toute la soirée à mon chevet, la Vieille n'osait rien dire, et il a bien voulu me raconter l'histoire avec la princesse chinoise – enfin lui, il dit qu'elle est japonaise, mais c'est pareil, ça marche aussi, Kivousavé ça peut tout à fait être un nom de japonaise, mais ça bien sûr je ne lui ai pas dit.

D'abord, c'était forcé, elle est très belle. Mais il y a d'autres choses. La princesse japonaise, elle n'aime pas du tout les chiens, par contre elle aime beaucoup les chats, et aussi tous les chiffres. Elle sait compter dans des milliers de langues, elle connaît toutes les étoiles du ciel. Elle aime aussi beaucoup la poésie. Elle s'est mise à aimer le roi parce qu'il lui a fait lire des poèmes qu'il a écrits exprès pour elle. Le roi voulait l'épouser et elle était d'accord, mais ils ont demandé l'avis de l'autre princesse, la fille du roi. Alors, a dit papa, la princesse japonaise a offert un cadeau à la fille du roi, un bébé chat qui s'est blotti contre elle en ronronnant. La fille du roi a dit d'accord, je veux bien que mon père épouse Kivousavé, et tout le monde était content.

Je ne suis pas sûre que ça se terminait comme ça, exactement, je me suis un peu endormie. C'était vraiment une belle histoire.

Tu sais, si tu n'as pas de petit chat à me donner, on ira en acheter ensemble, sur les quais il y en a plein, ils ont l'air malheureux, entassés dans des cages.

Mais pour ça il faut que la Vieille s'en aille avec son chien.

12

Ce matin, avec papa, on est allés se promener au parc comme on fait d'habitude, et on a inventé un jeu : ça s'appelle cache-cache-chien. Le but, c'est de lui échapper. C'est pas facile, il est très fort pour retrouver ta trace, même de très loin, je me demande comment il fait. On a essayé plusieurs fois, en courant dans le parc pendant qu'il faisait ses besoins, ou quand il rencontrait un autre chien, mais à chaque fois on le voyait qui revenait, la langue pendante, même de très loin, alors on l'a lâché sur la pelouse, et on est vite montés dans un bus, le premier qui passait, pour le semer. On riait comme des petits fous, les gens du bus nous regardaient, ça nous faisait encore plus rire. On s'est retrouvés dans un quartier qu'on ne connaissait pas, même pas papa, il y avait des tas de boutiques tenues par des Arabes, des ruelles pavées, toutes biscornues, c'était très agréable. Le mieux c'était d'imaginer le chien, la langue pendante, en train de nous chercher.

On est allés dans un café, papa a fumé trois cigarettes, et on a inventé une nouvelle histoire pour la sorcière. Il y avait deux lutins qui avaient kidnappé son hibou préféré. Ils l'avaient transformé en crucifix et accroché au-dessus de son lit. La sorcière détestait les crucifix, évidemment, alors elle le jetait très loin. Un paysan qui passait là le ramassait et allait l'offrir au roi. Après beaucoup de péripéties, la sorcière, qui avait découvert la vérité, était obligée d'aller supplier le roi de le lui rendre. C'était une grande humiliation pour elle, qui avait toujours dit qu'elle détestait la religion.

Ça a duré longtemps, notre histoire, dans le café, même en rentrant à la maison on en parlait encore, on a repris le bus en sens inverse, papa disait qu'on allait retrouver le chien, qu'il nous attendrait là, bien tranquillement, devant l'entrée du parc, ou bien à la maison, mais en fait il n'était nulle part.

Quand elle nous a vus rentrer sans lui, la Vieille s'est mise très en colère, On lui a dit qu'il s'était échappé, qu'on avait essayé de lui courir après, mais qu'il allait trop vite, qu'on avait cru qu'il était revenu à la maison, et qu'on était rentrés immédiatement. Elle a arrêté de crier, elle s'est assise sur son fauteuil, son menton s'est mis à trembler, elle a dit qu'il fallait prier pour qu'il revienne. Papa m'a fait le signe de croix, derrière son dos, j'ai trouvé ça tellement drôle, à cause du crucifix, je me suis mise à rire, sans pouvoir m'arrêter.

La Vieille a commencé à m'accuser, c'est elle, c'est cette sale môme, elle a tout combiné, pour que le chien se perde, mais là papa m'a défendue, c'est rare quand il s'oppose à elle, je t'assure qu'elle n'y est pour rien, nous étions tous les deux, jamais je n'aurais laissé faire une chose pareille. La Vieille s'est calmée, elle m'a envoyée dans ma chambre, et juste comme j'y allais, on a gratté à la porte, c'était le chien. La Vieille n'en pouvait plus de joie, elle en a oublié de me punir. Pendant qu'elle parlait à son chien, papa m'a fait un gros clin d'œil derrière son dos, en faisant le hibou, j'adore quand papa est comme ça, je voudrais que ça dure toujours.

13

Elle a vu que j'avais fouillé. Que j'avais pris la carte. Elle n'a rien dit. Elle s'est vengée. Elle a lu mon cahier. Elle l'a laissé, mais elle l'a lu. Elle a osé. Elle a corrigé des fautes d'orthographe.

Ça fait six mois maintenant que ça s'est passé. Je n'arrivais plus à écrire. Impossible de passer mes mains sur ce papier, souillé par son regard, par son mépris, par ses sales mains de vieille, par son haleine qui pue la naphtaline.

J'ai eu envie de me tuer. Je n'ai pas pu. Ou pas voulu, peut-être. Je ne veux pas mourir sans te trouver. Et puis je me suis dit, c'est ça qu'elle veut. Que je n'arrive plus à écrire, plus à penser. Que je me tue. Moi-même, c'est plus facile. C'est pour ça qu'elle a fait tout ça. Qu'elle a lu mon cahier. Qu'elle l'a laissé. Qu'elle n'a rien dit.

La semaine dernière, j'ai effacé tout ce qu'elle avait fait. J'ai remis mes fautes d'orthographe. J'ai peint la couverture en noir. J'ai essayé d'écrire, mais je ne pouvais pas.

Hier je suis allée au parc, avec le chien. J'ai couru vite, en traversant la rue. Il a voulu me suivre. Il s'est fait écraser.

Maintenant j'y arrive. Je peux me remettre à t'écrire.

14

Elle se doute de quelque chose, mais elle ne peut rien dire. Il y avait des témoins, ils l'ont bien dit, ce n'était pas ma faute. J'ai bien pleuré comme il fallait, après. Ça les a convaincus.

C'est la première fois que je la vois comme ça. Je me demande, si papa ou moi on mourait, si elle aurait autant de peine. Pour moi, c'est sûr que non. Et peut-être même que pour papa, ça ne lui ferait pas pareil. Elle lui en veut, depuis qu'elle a lu mon cahier. Elle ne prend plus jamais sa voix quand elle lui parle, la voix qu'elle réservait au chien. Lui il n'y comprend rien, il ne peut pas savoir qu'elle sait pour la sorcière et les lutins, les cigarettes, le café du dimanche, le cinéma, le chocolat, le fromage dans la casserole, et même pour Kivousavé. Quand je me dis qu'elle sait tout ça, je sens que ça me tord au fond de moi, j'ai envie qu'elle n'existe plus, mais alors plus du tout.

Pour l'enterrement du chien, avec l'argent de ses économies, celles qu'il se garde pour la musique, papa a acheté une grosse couronne de fleurs. Il pensait qu'elle serait contente. Devant les autres vieilles, elle a fait semblant d'apprécier le geste, mais quand on est rentrés à la maison, sans même m'envoyer dans ma chambre, elle lui a dit, tu n'abuses personne avec tes fleurs, mon fils, tu sais très bien de quoi je veux parler. Ses yeux cognaient fort sur papa, je sentais bien que ça lui faisait mal mais au lieu de répondre, il a baissé la tête en tripotant sa bague.

Le dimanche d'après, c'est moi qui ai insisté pour qu'on sorte. Comme il n'y a plus le chien à promener, la Vieille aurait pu nous obliger à rester à la maison, mais elle aime trop être tranquille, tous les dimanches après-midi, et puis comme il faisait très froid, elle a dû se dire que ce serait bien fait, qu'on se retrouve dehors.

Avant qu'on parte, elle a demandé à papa, dis-moi, tu ne vas pas aller dans un café, j'espère, avec un air un peu plus doux que d'habitude. Il a dit non, bien sûr, quelle drôle d'idée, alors elle a dit si tu ne mens pas, tu n'as pas besoin de prendre de l'argent avec toi, donne-moi ton porte-monnaie. Papa a protesté, voyons, il faut toujours avoir un peu d'argent sur soi, au cas où il arriverait quelque chose, alors la Vieille a dit tu as raison, donne-moi quand même ton porte-monnaie, je vais te donner un billet de cent francs, tu me le rendras quand tu rentreras, sauf bien sûr si tu as eu une bonne raison pour t'en servir.

Il n'aurait pas dû accepter, elle le traite pire qu'un enfant, enfin il a donné son porte-monnaie, et on est partis dans le froid, en se disant qu'on n'allait pas pouvoir aller dans le café où on va d'habitude ; papa était encore plus malheureux, parce qu'il voulait aussi s'acheter des cigarettes, depuis qu'elle a lu mon cahier la Vieille fouille dans ses poches sans rien dire, et quand elle en trouve, elle les jette.

Dans la rue il faisait très froid, j'ai dit à papa ne t'en fais pas, on va se tenir par la main et puis courir un peu, ça va nous réchauffer. On a joué à s'attraper, le parc était désert, évidemment avec ce froid, les gens restent chez eux, du coup on avait l'impression d'être ailleurs, j'ai dit à papa raconte-moi l'histoire de la sorcière, quand elle a capturé les deux lutins, et on a inventé une suite, la sorcière les avait enfermés dans une cage, mais ils découvraient un passage, une trappe secrète qui les conduisait dans un autre monde, un peu comme Alice derrière le miroir.

Sur le chemin comme on rentrait à la maison, papa s'est arrêté, il m'a regardée dans les yeux, bien fort, ensuite il m'a prise dans ses bras, et il m'a dit, tu sais, le roi, s'il est encore capable d'aimer un peu ce qu'est sa vie, c'est grâce à toi, je veux dire grâce à la princesse, je crois que s'il ne l'avait pas, il serait déjà mort.

J'ai senti ma gorge se serrer, les larmes tout près, en même temps j'étais fière, mais en même temps il y avait quelque chose qui n'allait pas. J'ai dit le roi, il n'a pas que sa fille, il y a la princesse japonaise, il vient juste de l'épouser, alors papa m'a regardée, il a dit oui, tu as raison, il y a la princesse japonaise, je l'avais oubliée.

Tu vois ce qui arrive quand on s'en va comme ça ?

15

Il s'est passé quelque chose de bizarre, hier soir, cette nuit j'ai fait des cauchemars, je ne sais plus quoi faire, je voudrais que tu sois là, que tu me dises ce que je dois penser.

La Vieille n'était pas là, c'était samedi, elle était à la messe. Papa était dans le salon, dans son fauteuil, il écoutait de la musique, c'est ce qu'il fait toujours quand la Vieille n'est pas là. Je suis allée le voir, lui demander de me donner des sous. Parce que voilà, depuis un peu de temps, j'ai la poitrine qui pousse, mais la Vieille ne veut pas le voir, ni m'acheter un soutien-gorge. De toute façon, elle ne veut pas que je grandisse, elle me met des socquettes, des jupes plissées quand toutes mes copines ont des jeans. Déjà, à cause de ça, il y en a qui se moquent de moi, je fais celle qui s'en fiche, je dis que je trouve ça plus beau, mais c'est pas vrai, en fait je préférerais être habillée comme tout le monde.

Pour le soutien-gorge, c'est encore plus gênant, à cause de la gym, dans les vestiaires, les seules qui n'en ont pas, elles n'ont pas de poitrine du tout, on les traite de bébés, je sais bien que c'est bête, mais quand même, moi, ça pousse, j'en ai assez de me cacher. En plus Catherine m'a dit que si on n'en mettait pas très vite, après les seins tombaient, elle a vu des photos de femmes, en Afrique, il y en a, ça leur arrive jusqu'au nombril, ça je ne veux pas.

C'est pour ça que j'ai fini par me décider.

Seulement voilà. J'y suis allée, dans le salon, il m'a fait signe d'écouter, c'était un de ses morceaux préférés, à la radio. Pour le mettre de bonne humeur, j'ai fait comme si ça me plaisait autant qu'à lui, même si ça durait longtemps. Enfin ça s'est fini, alors je lui ai dit, je voudrais de l'argent pour m'acheter un soutien-gorge.

Un soutien-gorge ? Il a eu l'air surpris, ensuite il s'est mis à rire, comme si c'était très amusant, puis il a dit voyons, tu n'en as pas besoin, tu es bien trop petite.

J'ai dit que si, que j'en avais besoin, que dans ma classe toutes les filles en avaient, alors son visage a changé, surtout ses yeux, et il a dit montre-moi ça.

Qu'est-ce que je pouvais faire ? J'ai senti que je rougissais, alors il a redit, avec une voix très douce, montre-moi ça, tu n'as pas à être gênée devant ton père, je veux simplement voir, c'est bien normal.

Ensuite, il est venu vers moi, toujours avec sa voix trop douce, je vais t'aider, il a commencé à déboutonner mon chemisier, ses doigts tremblaient un peu, il n'y arrivait pas, moi j'étais comme paralysée, ensuite il a soulevé mon maillot de corps et il s'est mis à regarder là où ça pousse. Je sentais mon front qui brûlait, je ne bougeais pas, j'entendais sa respiration, je me sentais très mal, je crois qu'il allait me toucher, je ne suis pas sûre, parce qu'on a entendu les pas de la Vieille dans l'escalier, alors très vite papa s'est relevé, il m'a dit rhabille-toi, va dans ta chambre, il ne faut pas qu'elle te trouve là.

À table, je l'ai vu qui touchait sa bague et la tournait, je me suis dit ça y est, ça va faire comme la dernière fois, il ne va plus vouloir de moi, mais le soir il est venu dans ma chambre pour m'embrasser comme il fait d'habitude. Il m'a expliqué que ça n'avait rien de mal, ce qui s'était passé dans le salon, qu'une fille n'avait pas à être gênée devant son père, que la Vieille ne pouvait pas comprendre ça, que ce serait notre secret, à tous les deux. Moi j'ai dit que j'étais d'accord. Ensuite il m'a donné cent francs, pour acheter ce dont j'avais besoin, et il a dit que si jamais ce n'était pas assez, je n'avais qu'à venir lui demander.

Ça fait beaucoup, cent francs, je devrais être contente, je peux m'acheter mon soutien-gorge. Ça fait beaucoup, surtout que c'est la Vieille qui s'occupe de l'argent, elle ne lui passe rien, même quand il fait les courses, elle va vérifier sa monnaie.

Je devrais être contente, mais je n'y arrive pas, je ne sais pas pourquoi, et puis j'ai peur qu'il me demande encore, même si c'est naturel, ça me fait peur.

16

En ce moment, il fait très froid, alors avec papa, comme on n'a pas envie tous les dimanches après-midi de rester dans le parc, et que la Vieille lui prend son porte-monnaie à chaque fois, on a trouvé un truc. Dans l'escalier, là où il y a les canalisations, il y a une sorte de placard, il faut une clé spéciale mais papa en a une. Papa met de l'argent dedans, et le dimanche, quand on s'en va pour la promenade, il suffit de le prendre pour aller au café. Quand on rentre, s'il en reste, on le remet pour la prochaine fois, et papa cache aussi ses cigarettes dedans. Si la Vieille voyait ça, ça la rendrait furieuse.

Elle fouille dans mes affaires, régulièrement, quand je suis au collège. Elle cherche ce cahier, évidemment. Elle voudrait bien savoir ce que je pense, ce que je t'ai écrit. Mais elle ne m'aura pas une deuxième fois. Ce cahier-là, je l'ai toujours dans mon cartable, la nuit je le mets sous mon oreiller, je ne le lâche plus.

J'ai parlé à Catherine, je lui ai demandé si elle trouverait ça normal, de montrer ses seins à son père. Ce qu'elle m'a dit m'a rassurée : chez elle, ils se voient tous tout nus, son père et sa mère se promènent comme ça quand il fait chaud, et Catherine dit que ça n'a rien de mal. Moi, rien que d'imaginer la Vieille se promenant en gaine dans la maison, ça me donne envie de vomir, mais c'est vrai que si c'était toi, je trouverais ça plus naturel.

La Vieille est tout le temps malade, depuis la mort du chien. Pour le médecin, c'est une maladie qui évolue comme ça, avec des crises, s'il y a des chocs ou des contrariétés. On le saura, qu'elle aimait cette bête. Je l'ai entendue dire aux autres vieilles qu'elle en rêvait la nuit, qu'elle avait envie de mourir, pour le rejoindre, mais qu'elle ne pouvait pas, parce qu'elle nous est indispensable, même si nous, on est des ingrats. Les autres vieilles s'extasiaient, vous êtes une sainte, ma chère, le bon Dieu vous le rendra. Mais s'il y a vraiment un bon Dieu, la Vieille devrait avoir quelques surprises, quand elle mourra.

Peut-être qu'elle va devoir retourner à l'hôpital, moi ça me plairait bien, on est tellement mieux quand elle n'est pas là, maintenant que le chien est mort, ça sera vraiment comme le paradis. Pas celui de Kivousavé, avec le ciel tout bleu, la plage toute jaune et les palmiers tout verts, mais quand même quelque chose. Et puis si tu trouves que ça ne va pas, tu n'as qu'à venir nous chercher, nous emmener là-bas, je suis sûre que papa serait d'accord pour partir tout de suite, avec Kivousavé.

17

Ça y est, la Vieille est à nouveau à l'hôpital, ça recommence comme la dernière fois, et même en mieux parce que c'est les vacances de février. Papa va travailler dans la journée, je n'ai pas besoin d'aller au collège, il me donne de l'argent pour faire les courses, du coup j'essaye plein de recettes, pour lui faire à manger le soir.

De vivre comme ça, je me dis que c'est vraiment dommage, que la Vieille soit là d'habitude, parce que s'il y avait seulement papa et moi, on serait très heureux. En plus, à tous les coups tu reviendrais, je ne sais pas pourquoi mais j'en suis sûre. Ce qu'il faudrait, c'est trouver le moyen de te le dire, si jamais la Vieille ne revenait pas de l'hôpital. Le problème, c'est que je n'ai vraiment aucune idée de l'endroit où tu es partie, je ne connais même pas ton nom, tu n'as sûrement pas gardé celui de papa. J'ai essayé de le savoir, seulement c'est difficile, comme j'ai promis que j'avais oublié, tout ce que je peux faire c'est demander, mine de rien, la princesse japonaise, c'est quoi déjà, son nom, enfin, son nom français, mais papa me répond, une princesse, ça n'a pas de nom, tu le sais bien, d'ailleurs le roi non plus n'a pas de nom, alors je ne suis pas plus avancée.

De toute façon, ce n'est pas si pressé, je crois bien que malheureusement, la Vieille va rentrer de l'hôpital, je suis allée la voir deux fois depuis qu'elle est là-bas, maintenant j'ai passé la limite d'âge, la deuxième fois, elle allait beaucoup mieux que la première, elle a pu se promener dans le parc, avec sa transfusion sur un petit chariot avec des roues. Elle disait qu'elle n'en pouvait plus de rester là, elle se plaignait de sa voisine de chambre, une jeune fille qui paraît-il passe son temps à recevoir des visites de jeunes gens. La jeune fille, à un moment j'ai croisé son regard, pendant que la Vieille parlait avec papa, elle m'a fait un grand sourire, comme si elle avait voulu dire, je te comprends, ça n'est vraiment pas rigolo de supporter la Vieille. Je l'ai trouvée très belle, j'ai pensé qu'elle était peut-être un peu comme toi, que c'était pour ça que la Vieille ne la supportait pas.

18

Il y a une chose qui me tracasse, peut-être que c'est moi qui me trompe, qui imagine des choses, je ne sais pas, ça me fait bizarre d'y penser, je voudrais l'oublier mais en même temps je ne peux pas m'en empêcher, surtout le soir quand je vais m'endormir.

Hier, j'ai eu envie de prendre un bain dans la journée. J'en ai fait couler un, un grand bain avec de la mousse, d'habitude la mousse, c'est réservé à la Vieille, là j'en avais mis plein, et j'étais dans mon bain quand papa est rentré de son travail.

Depuis que je suis toute petite, c'est toujours la Vieille qui s'occupe de moi, pour me laver. Enfin, depuis un an ou deux, elle me laisse faire toute seule, mais je veux dire, d'habitude ce n'est pas papa qui fait ce genre de chose.

Là je n'y pensais pas, j'ai appelé, pour qu'il sache où j'étais, et puis, quand je l'ai vu entrer dans la salle de bains, tout d'un coup j'ai senti que je n'aurais pas dû. À cause du regard qu'il a eu, c'était le même que le soir où j'étais allée demander l'argent, il y avait quelque chose dedans qui n'était pas comme d'habitude.

Comme il y avait plein de mousse, je me suis vite cachée derrière, mais lui a commencé à dire, alors comme ça tu prends des bains comme une grande, ça fait combien de temps que tu es là-dedans, et comme je ne répondais pas, il a dit bon, maintenant il faut que tu sortes, mets-toi debout, on va rincer tout ça.

En même temps, il s'est approché de la baignoire, il a enlevé le bouchon, l'eau s'est mise à baisser, moi j'ai dit non, je veux rester encore, je n'osais pas lui dire de s'en aller, je ne voulais pas qu'il me voie, Catherine a beau dire, moi je ne trouve pas ça tout naturel, surtout maintenant, avec mes seins qui poussent, mais lui, il m'a prise par le bras pour me mettre debout, et il a commencé à m'enlever la mousse avec la douche. Comme je mettais mes mains devant, il m'a dit écarte tes bras, sinon je ne vais pas pouvoir te rincer correctement, il n'avait pas sa voix normale, et il me regardait. Ensuite il a dit c'est très bien, tu es en train de devenir une femme, et il a approché sa main, en demandant si ça me faisait mal. Moi j'ai dit non, alors qu'en fait ça me fait un peu mal, mais lui n'enlevait pas sa main, ses doigts tremblaient un peu, comme s'il avait eu peur, il m'a semblé que ça durait longtemps, vraiment longtemps, je n'osais pas bouger, j'avais très peur, comme s'il allait se passer quelque chose, alors j'ai dit j'ai froid, je suis sortie de la baignoire le plus vite que j'ai pu, j'ai pris la première serviette que j'ai trouvée, celle de la Vieille, et je me suis vite enroulée dedans. Papa a dit j'espère que tu n'es pas gênée, moi j'ai dit non, je ne vois pas pourquoi, alors il a dit sans me regarder, tu sais, ces choses-là c'est tout naturel, entre un père et sa fille, mais il y a des gens qui pourraient mal interpréter… Il ne faut pas que tu en parles, jamais. J'ai dit d'accord, et papa est sorti.

Ensuite, il est redevenu comme d'habitude, mais moi, j'avais presque envie que la Vieille soit rentrée de l'hôpital.

19

La Vieille rentre demain. Finalement, ça me soulage, avec papa, je ne sais plus quoi faire.

Depuis la dernière fois, j'ai fait bien attention à prendre mon bain quand il n'était pas là, pour que surtout ça ne recommence pas. Mais hier après-midi, il y a eu autre chose, qui m'a fait vraiment drôle.

Comme je n'arrivais pas à trouver la clé du tiroir de la Vieille (je suis sûre qu'elle l'a prise à l'hôpital, ça n'est pas possible autrement, j'ai vraiment regardé partout) je suis allée voir dans la chambre de papa. Je me disais, il a peut-être gardé une lettre, une photo.

Des photos j'en ai trouvé plein. Sous son matelas. Des photos dans des magazines. Des photos de femmes nues.

Je n'arrive pas à croire que c'est papa qui a acheté ça. Pourtant, c'était bien sous son lit à lui. Ça me donne envie de vomir.

Le soir, quand papa est rentré, il était de très bonne humeur, il m'a demandé ce que je voulais faire, si je voulais aller une dernière fois au cinéma, mais j'ai répondu non, je n'avais pas envie, et puis j'ai dit que je devais terminer des devoirs, parce que lundi, c'est la rentrée. Après manger, il est venu dans ma chambre, il s'est mis derrière moi, pour regarder par-dessus mon épaule. D'habitude j'aime bien ça, de le sentir tout près, mais là, ça m'a fait un frisson dans tout le corps, j'ai repensé à ces photos, et puis à son regard, dans la baignoire, et j'ai eu envie qu'il s'en aille, très loin. Je n'ai rien dit, parce que je sais que ça lui ferait de la peine, mais quand il m'a proposé de me raconter encore un épisode, de la princesse et de son père le roi, je lui ai dit que non, ce n'était pas la peine. Il a eu l'air surpris, tu n'aimes plus nos histoires, alors j'ai répondu, mais si, bien sûr que je les aime, mais j'ai ce devoir à terminer, je dormirai mieux s'il est fait. Il est parti l'air un peu triste, après il est revenu dans ma chambre, il m'a donné un billet de cent francs, en me disant d'acheter ce que je voudrais avec, qui me ferait plaisir. Il avait la main qui tremblait, il avait l'air perdu, quand il est sorti de ma chambre, j'ai senti ma gorge serrée, presque comme si j'allais pleurer. Mais je n'ai pas pu y aller pour lui faire un câlin.

20

Ça ne va pas très bien, depuis le retour de la Vieille. Pourtant, elle est plutôt moins pénible que d'habitude. Ses yeux ne cognent plus quand elle parle à papa et avec moi, elle n'est pas pire qu'avant. Ce qui ne va pas, c'est dans ma tête. Je me mets à faire des cauchemars, je ne me sens pas bien, je n'aime plus quand papa vient près de moi, je ne le trouve plus beau, un peu comme si je ne l'aimais plus.

Devant la Vieille, je fais tout mon possible pour que ça ne se voie pas, elle serait trop contente, mais quand elle n'est pas là, je ne peux pas m'en empêcher, j'ai envie de tourner la tête le plus possible quand il veut m'embrasser, je n'ai plus envie d'aller avec lui me promener…

Catherine, ça ne va pas trop bien non plus. Ça n'a servi à rien qu'elle pleure. Sa mère lui a tout expliqué. Son père en a trouvé une autre, beaucoup plus jeune. Une étudiante. Il va partir, pour vivre avec.

Peut-être que c'est ça que tu as fait. Peut-être que tu en as trouvé un autre. J'ai l'impression que tu ne reviendras jamais, c'est impossible, on restera toujours comme ça, moi avec papa et la Vieille, et toi ailleurs, inaccessible, drapée dans ton mystère de princesse japonaise dont je ne sais même pas le nom.

Quelquefois, le soir avant de m'endormir, j'essaye de me raconter autre chose, je me dis que ce n'est pas vrai, que j'ai rêvé tout ça. Que la Vieille n'a jamais vu ce cahier, que j'ai tout inventé, la voix trop douce, le chien qui meurt, les doigts qui tremblent, que personne n'a rien fait de mal, et que Kivousavé va revenir.

Mais je sais bien au fond que tout s'est passé comme je dis, que quelque chose est mort, tout froid, tout raide comme le chien.

21

Me voilà en vacances. D'habitude, les vacances, c'est ce que j'aime le moins. La Vieille toute la journée, rien que d'entendre ses pas grincer sur le parquet, je sens la nausée qui me monte depuis le ventre. Cette fois, j'ai de la chance, je suis partie hier ; pas vraiment en vacances, ça me donnerait des habitudes, mais tout de même. Je suis avec Marie, une collègue de papa, dans une maison près de la mer. Je l'aide à garder ses enfants, comme son mari n'a pas pu venir avec elle.

Je n'aime pas beaucoup les enfants, pour être franche. Je ne sais pas bien comment faire pour leur parler, surtout quand ce sont des bébés. Mais tout vaut mieux que la maison, papa qui devient chaque jour plus gris, et la Vieille qui est à nouveau insupportable, parce qu'elle a mal au ventre.

Marie n'est pas méchante, elle est même très gentille. On dirait qu'elle laisse ses deux enfants faire ce qu'ils veulent toute la journée, je me surprends à leur dire de faire des jeux un peu moins bêtes, à m'inquiéter qu'ils ne lisent pas de livres. À côté d'elle, la Vieille, c'est une intellectuelle de haut niveau. C'est dire.

Pourtant je me sens plutôt bien ici. Et puis j'apprends des choses. Par exemple qu'au bureau, papa n'arrête pas de parler de moi, comme si j'étais la septième merveille du monde. Marie dit qu'il est comme ça depuis qu'elle le connaît, toujours à se vanter que sa fille a fait ci, que sa fille a dit ça, que sa fille est jolie, que sa fille est intelligente. Il y a trois photos de moi sur son bureau. Marie m'a dit, à l'entendre parler de toutes tes qualités, j'avoue que j'avais un peu peur, je me disais si elle est si parfaite, ça risque d'être très désagréable, des vacances avec elle. Ça m'a fait rire, et en même temps ça m'a touchée, que papa parle comme ça de moi à son travail.

Pendant que j'y étais, j'ai demandé s'il parlait de toi de temps en temps. Marie m'a dit que non, jamais, et puis elle a dit si, une fois, c'était quand un collègue était en instance de divorce, il avait dit c'est difficile, ce genre de chose. Et puis, en cherchant encore mieux, Marie m'a dit qu'au début, juste au début qu'elle était arrivée dans le service, il y a à peu près dix ans, papa parlait encore de toi, il y avait des gens qui t'avaient connue, et qui lui demandaient de tes nouvelles, alors il répondait que tu étais souffrante, et les gens comprenaient qu'ils auraient dû se taire.

Marie n'a pas pu m'en dire plus. De toute façon, j'ai fait celle qui n'était pas trop intéressée. J'ai demandé, quand même, si elle savait ton nom, mais non. La seule chose dont elle se souvient, c'est que tu étais prof. Mais prof de quoi, elle ne sait pas. Quelque chose d'artistique, peut-être, mais sous réserve.

22

Hier, en nous promenant dans le petit village, nous avons vu deux chiens ; l'un avait mis ses pattes sur l'autre, et il bougeait. J'ai eu peur qu'il lui fasse du mal, j'ai dit Marie, qu'est-ce qui se passe, mais elle restait imperturbable, enfin voyons, tu n'as jamais vu un chien monter une chienne ?

Elle m'a tout expliqué. Et c'est pareil chez les humains, sauf qu'on n'est pas obligé d'être à quatre pattes. Mais c'est comme ça qu'on fait pour les bébés.

Marie était vraiment surprise que je ne sache rien. Je me sentais un peu idiote, personne ne m'en a parlé, sauf quelques fois, avec Catherine, des allusions, ou alors en classe on nous a appris les ovules, les spermatozoïdes, la reproduction du lichen... Mais concrètement, comment ça se faisait, je ne le savais pas. Ni par exemple qu'une femme a plusieurs trous, que ce n'est pas le même pour le pipi et pour les règles. Marie était éberluée.

Elle a commencé à me dire qu'il lui semblait qu'il y avait quelque chose qui ne tournait pas rond dans ma famille. Je crois aussi, je lui ai dit, et finalement je lui ai raconté. Comment la Vieille m'avait fait croire que tu étais morte. Comment elle m'avait dit que tu étais une pute. Comment papa n'avait rien voulu dire. Bref, j'ai tout déballé, sauf ce cahier, le chien, et puis les histoires de papa.

Marie m'a écoutée, ensuite elle m'a promis qu'elle allait se renseigner. Elle est amie avec la secrétaire, une vieille demoiselle très gentille, la seule qui travaille là depuis assez longtemps pour t'avoir aperçue. Si quelqu'un peut savoir quelque chose, alors c'est elle, m'a dit Marie. Il n'y a rien qui lui échappe.

On va bien voir.

Sur le moment je n'ai presque pas fait attention à ses promesses. J'étais choquée, penser que toi, avec papa, tu as fait ça, comme ces chiens dans le village... Marie m'a dit, ça doit te faire bizarre, ce que j'ai raconté, je comprends ça, mais en fait, c'est agréable, quand on en a envie, on ne trouve plus ça dégoûtant du tout. Elle a dit c'est comme si tu visitais une fabrique de chocolat sans jamais en goûter ; tu serais sûre que c'est mauvais. Pourtant, c'est délicieux. La vie c'est souvent ça. Il ne faut jamais juger les choses sans y avoir un peu goûté. Et elle a ri.

23

Il a voulu recommencer, quand j'étais dans mon bain. Je ne me méfiais pas, je croyais que la Vieille était dans la maison, il n'ose rien faire quand elle est là, il a trop peur qu'elle le surprenne, en fait elle venait de sortir pour poster une lettre. Il est entré, soi-disant pour chercher un peigne. Je le voyais qui regardait en coin, il y avait du faux dans son regard. Il s'est tourné vers moi, et sans me regarder en face, il a dit lève-toi, je vais te frotter, pour que tu sois bien propre. Moi j'ai dit non, c'est inutile, je me lave très bien toute seule, et j'ai croisé les bras sur ma poitrine. J'attendais qu'il s'en aille, mais lui, il s'est mis à parler, dis donc tu t'es bien rembourrée pendant l'été, je vais te donner de l'argent pour t'acheter un nouveau soutien-gorge.

Je n'en veux pas de ton argent, je lui ai dit, je ne suis pas une pute. C'est sorti seul, d'un coup, je n'avais pas prémédité, je sentais mes mains qui tremblaient sur ma poitrine, en fait j'avais très peur, mais ça a touché juste. Il est devenu gris, ses joues se sont mises à trembler comme s'il allait pleurer. Moi j'en ai profité. Sors de la salle de bains, j'ai ajouté. Il est sorti.

Plus tard, il est venu me dire, avec un air piteux, que c'était un malentendu, et il a ajouté, tu ne veux pas qu'on s'en raconte encore, des histoires de princesses, avec la sorcière et le roi ?

Il n'existait que dans ma tête, le roi très bienveillant courbé sur son secret. Il mate des femmes nues, le roi, c'est pour ça qu'il se tient penché. Le voilà, son secret. D'ailleurs, je ne crois plus aux fées.

Comme je ne lui répondais pas, il a dit c'est normal, tu fais ta crise d'adolescence, tu es en plein âge bête. Mais un jour tu verras, tu comprendras.

J'ai compté. Il me reste 1 752 jours avant d'être majeure. Pas un de moins, pas un de plus. D'ici là, il faut supporter. C'est pas marrant pour moi, mais ça ne l'est pas non plus pour eux. C'est même encore moins gai. Moi, j'ai la vie devant moi, je n'ai pas tout raté. Enfin, pas encore tout.

24

Je ne supporte plus qu'il m'approche. Quand il essaye, je me raidis, je prends l'air le plus dégoûté, le plus rébarbatif pour le tenir au loin.

Ça marche. Depuis la fois où j'ai refusé son argent, je crois bien qu'il a peur de moi.

Je m'enferme quand je prends mon bain, parfois même enfermée, je ne me lave pas, je fais seulement couler de l'eau dans la baignoire, pour qu'ils entendent le bruit, je reste là, sur le rebord, à lire un livre en attendant qu'ils viennent frapper, dire que je dois sortir. Alors je mets mon pyjama, ma robe de chambre bien serrée pour qu'on ne puisse rien voir, et puis je vide l'eau qui n'a servi à rien. Je ne sais pas pourquoi, ça gâche de l'eau, ce n'est pas que j'aie envie d'être sale, mais ça me rassure, de ne pas me mettre toute nue dans cette baignoire.

Je ne sais pas si la Vieille a compris ce qui s'était passé, mais en tout cas elle en profite. Parce que maintenant, il la laisse faire, il ne réagit plus. De toute façon, dès qu'il me parle, moi je regarde ailleurs. Je n'essaie plus de faire semblant. Je sais que la Vieille est ravie, elle passe sa langue entre ses dents, elle en oublie ses maux de ventre, mais je m'en fiche. Tant pis pour lui.

Le pire moment c'est les repas. Je suis obligée d'être là, si je veux me nourrir. Elle s'en donne à cœur joie, dès qu'elle entrevoit un point faible, elle tape. Si j'ai un bouton sur le nez – en ce moment ça m'arrive très souvent – elle le fait remarquer, incidemment, ça n'est pas très joli, ce bouton sur le nez, c'est de l'acné, tu devrais te laver, ma petite fille, avec un ton mielleux, je la tuerais. Ou bien si j'essaye une coiffure. Tiens, tu as vu, ta fille qui se prend pour une star, ça fait vulgaire, tu ne trouves pas ?

Tout ce qui peut me faire du mal est bon. Comme je n'avais qu'un pantalon un peu moins laid que tous les autres, le seul où je me sentais bien, elle l'a passé à la machine avec du linge qui a déteint. Du coup elle l'a jeté, et elle en a rapporté un horrible, à carreaux écossais, " pour remplacer ". Je la tuerais.

Elle fouille toujours dans mes affaires. Elle laisse des traces, je crois bien qu'elle le fait exprès. Mais elle ne m'aura pas une deuxième fois.

Pour l'argent j'ai trouvé le truc, je prends un franc un jour sur deux dans son porte-monnaie, avec ça et l'argent du bus, comme je vais au collège à pied, en deux-trois mois, j'aurai assez pour m'acheter un nouveau soutien-gorge.

Heureusement, Marie ne me laisse pas tomber. Elle s'est arrangée avec papa, tous les week-ends, sous prétexte de garder ses enfants, je vais dormir chez elle. La Vieille n'a pas osé s'y opposer, comme c'est une collègue de papa, elle ne voudrait pas nuire à sa carrière. Comme si Marie y pouvait quelque chose. Enfin, tous les week-ends, je suis tranquille.

Avec Marie, on ne parle pas beaucoup, mais je me sens chez moi. Même les enfants, finalement, je m'y suis attachée. La petite fille, surtout, quand elle vient me faire des câlins, au fond, ça me plaît bien. Son mari est timide, il n'est pas souvent là, il a des lunettes qui lui font des petits yeux, il parle peu, mais c'est quelqu'un de bien. Pas comme papa.

25

J'ai passé tout l'après-midi avec Mademoiselle Delclos, l'éternelle secrétaire du service de papa. Une petite femme qui ne paye pas de mine, avec de grands yeux bleus comme perdus au milieu des rides. Elle m'a bien plu.

Elle a d'abord tenu à préciser que tout ce qu'elle me dirait devait être pris avec précaution : ce sont de simples déductions, mademoiselle, des bruits de couloir, rien de certain. Votre papa ne m'a jamais fait de confidences, sans quoi bien sûr, je ne vous dirais rien.

Elle t'a vue plusieurs fois. La première fois, peu de temps après ma naissance. Une enveloppe avait circulé, Mademoiselle Delclos s'était chargée de faire l'achat. Pour remercier, tu es venue me montrer à ces gens, dans l'habit qu'ils avaient offert. Le nouveau chef avait bien fait les choses, pour l'occasion il avait payé le champagne. Mademoiselle Delclos ne boit jamais, mais comme c'est elle qui remplissait les verres, elle se souvient que tu as bu pas mal. Tu ne parlais pas beaucoup, de temps en temps une petite phrase, mais qui montrait à l'évidence que tu étais intelligente. Je le savais déjà. Une autre chose qui se confirme : tu es très belle. Les hommes n'avaient d'yeux que pour toi, les femmes se rattrapaient sur moi, en me faisant des gazouillis, papa était fier comme un coq, il mettait des " chérie " dans toutes ses phrases. Tu étais professeur, effectivement, mais pour les arts, je repasserai : c'est les maths que tu enseignais.

La fête a duré un peu tard, c'est un collègue qui nous a ramenés à la maison, dans sa voiture. Moi je dormais dans un couffin, tu aurais proposé de prendre un dernier verre, mais papa aurait dit que non, que sa mère était seule, qu'il valait mieux rentrer directement (le collègue a raconté la chose le lendemain, au café, alors que papa n'était pas encore arrivé ; il semblait trouver ça très amusant).

Tu avais l'habitude d'appeler papa le mercredi. L'après-midi, c'était Mademoiselle Delclos qui lui passait les communications, elle te demandait des nouvelles, de moi et de ma barboteuse. Tu lui répondais gentiment, parfois elle m'entendait qui criais derrière toi. Un jour, en plein mois d'août, tu n'as pas appelé, tu es venue. Ce jour-là tu portais une robe blanche, très courte, qui te rajeunissait, tu es allée directement dans le bureau de papa, et un quart d'heure après, vous êtes sortis, comme des amoureux. Il n'a pas remis les pieds au bureau, il a appelé le lendemain pour dire qu'il prenait ses congés. " Il y avait quelque chose, pourtant, comment vous dire, quelque chose qui clochait, m'a dit Mademoiselle Delclos. Comment une femme si belle, si rayonnante, pouvait venir chercher votre papa.

Ce n'est pas pour vous dire du mal de lui, c'est un monsieur très bien, mais enfin on ne l'imaginait pas avec une femme pareille, et ce jour-là encore moins que le premier jour où on avait vu votre maman. Le premier jour elle était fatiguée, elle se relevait de couches, tandis que là, cet été-là, on aurait dit une star ou quelque chose. Ça n'allait pas avec votre papa. »

Au téléphone, quand tu te présentais, c'était toujours ton nom de jeune fille que tu donnais. Parce que maintenant, je connais ton nom ! Tu avais bien raison, il est beaucoup plus beau que celui de papa. Mademoiselle Delclos m'a dit que bien sûr elle n'avait rien contre, une femme a bien le droit de garder son nom mais qu'à son avis, dans un tel cas, ça disait quelque chose. Il y avait quelque chose qui n'allait pas.

Mademoiselle Delclos ne t'a revue qu'une fois, l'année d'après, toujours pendant l'été. Tu étais habillée pareil, une robe blanche, mais cette fois tu ne rayonnais pas. Tu portais des lunettes noires, tu es entrée dans le bureau où papa travaillait, et un quart d'heure après tu es ressortie, seule. « Comment vous dire, mademoiselle, elle m'a fait mal au cœur. Elle avait l'air hagard. Je n'ai rien su lui dire, je lui ai simplement proposé un café, elle a refusé poliment. Ou je me trompe fort, ou elle n'était pas loin de s'effondrer. »

Après ce jour, tu n'as plus appelé le mercredi. La Vieille a pris le relais. Mademoiselle Delclos lui demandait de mes nouvelles, et des tiennes au passage, mais elle se contentait de dire, tout va très bien, merci, et elle demandait papa. Lui s'est mis à rester plus tard le soir, comme s'il n'avait plus envie de rentrer. Ensuite, en plein hiver, il a pris quinze jours de vacances, une chose qu'il ne faisait jamais. Au bout de ces quinze jours, il n'est pas revenu. La Vieille a appelé, elle a dit qu'il était souffrant, sans préciser. Rapidement, par un collègue qui le connaissait mieux, on a su qu'il était dans une maison de repos. Quelque chose comme une dépression.

Évidemment, ces événements ont fait jaser. Dans un service du contentieux, une telle histoire, c'était une vraie aubaine. D'après Mademoiselle Delclos, tu as dû quitter la maison, soit juste avant, soit juste après le jour où tu es venue voir papa, dans ta robe blanche, les yeux cachés par des lunettes. Elle m'a bien précisé que ce n'étaient que des suppositions, mais d'après elle, c'était un peu couru d'avance : une femme si belle, un homme aussi banal, une belle-mère acariâtre… " Votre maman a dû refaire sa vie, et voilà tout. Lors du premier été, elle y croyait encore. La deuxième fois, elle avait dû comprendre que tout était fini. Mais pourquoi vous avoir laissée, ça je l'ignore. Une femme comme ça, ce n'était pas son genre, de laisser son enfant. C'est surprenant. "

Je te laisse deviner comme ça m'a fait plaisir, d'apprendre ça. Un peu le même effet que le paralytique à qui l'on dit, je ne comprends pas, vues les précautions que vous aviez prises, la marque de votre voiture, le système de sécurité, il n'y avait pratiquement aucune chance pour que votre moelle épinière soit sectionnée. Vraiment, je vous assure, vous ne devriez pas être paralysé.

La vie est merveilleuse.

26

Je suis trop bête, je n'aurais jamais dû. Tout ce que j'ai réussi, c'est à m'humilier un peu plus, tout ça, comme si j'avais tendu le bâton, la corde pour me pendre, comme si je m'étais aplatie en demandant qu'on me piétine. Je le déteste.

Ça me servira de leçon. J'étais prête à m'y laisser prendre, encore une fois, dans la mélasse des sentiments, des fées et des potions. Avec son air de chien battu, il me faisait pitié. Je me disais le pauvre, je l'ai peut-être trop accablé, j'entendais Mademoiselle Delclos, dans le fond, c'est un brave homme, il n'a pas eu de chance. Je le voyais, tout seul dans sa maison de repos, avec la Vieille et un collègue pour seules visites.

Et puis surtout, il y avait cette perspective, un mois en Corse l'été prochain avec Catherine, juste avant d'aller chez Marie. Sa mère m'a invitée, tout était arrangé, il ne manquait que son accord.

J'ai cru que je pouvais y arriver. Qu'une fois au moins, il aurait le courage de prendre une décision lui-même, sans attendre que sa mère lui dise ce qu'il devait penser. Je suis restée à la maison tout le week-end, pour lui parler en tête à tête. On est allés se promener, dimanche, c'est même moi qui l'ai proposé. J'ai mis cartes sur table. Voilà, papa, je voudrais que tu me fasses un cadeau. Je voudrais que tu dises oui, que tu acceptes de me laisser. Pour l'attendrir, j'ai parlé du divorce. Il m'écoutait, je le sentais qui hésitait, il mettait tout dans la balance. Et puis voilà, pas de miracle, il faut que j'en parle à maman. J'ai dit, comme tu voudras, je suis à peu près sûre qu'elle refusera, moi j'aurais bien voulu que ça vienne de toi, que ce soit toi qui m'autorises, même si ta mère ne le veut pas.

Crétine ! J'y croyais presque à mon histoire. La princesse qui parvient, par la grâce de l'amour, à sauver son père des griffes de la sorcière. À rompre le mauvais charme qui le tient prisonnier. Ce genre de chose, ça n'arrive que dans les contes. Dans la réalité, le roi courbé courbe l'échine une fois de plus, il rentre à la maison, pose la question à sa maman, il n'en est pas question, comment, en plus une fille de divorcés, tu veux vraiment qu'elle tourne mal, elle n'a pas besoin de vacances, elle est toute la journée à se vautrer, tu as vu comment elle nous traite, tu voudrais la récompenser. Couru d'avance. Quand il est venu dans ma chambre, les doigts agrippés à sa bague, je lui ai dit ça va, inutile de te fatiguer. Ça n'en vaut pas la peine. Il a essayé de se justifier, c'est de ta faute, aussi, regarde comme tu la traites, elle est braquée, change un peu d'attitude, fais un effort, on verra l'an prochain…

Je ne sais pas quel était l'ultimatum mais je suppose que ce jour-là, en sortant du bureau avec tes lunettes noires, tu mesurais à peu près la même chose que moi. Ça n'a pas dû être marrant, moi au moins je n'ai pas choisi, on me l'a mis comme père, c'est tout ce que tu m'as laissé. Mais toi, tu ne pouvais t'en prendre qu'à toi.

27

Samedi matin, avec Marie, on est allées au bureau de poste central, et on a regardé dans les Bottin, voir s'il y avait ton nom et ton prénom. On a essayé dans tous les départements, à la fin on en avait mal aux yeux, mal aux bras de tourner les pages. À chaque fois j'espérais, mais tu n'y étais pas. Ou bien cachée, encore une fois secrète, mise sur la liste rouge, ou bien mariée, et cette fois tu as abandonné ton nom.

Kivousavé. C'est encore ça qui te convient le mieux.

Marie me dit qu'à son avis, pour avancer un peu, il faudrait faire parler la Vieille, ou bien papa. Je ne vois pas comment, la Vieille n'est pas si bête, elle ne crachera rien de son plein gré, et lui, il est trop faible, trop mou, trop lâche, il n'y a rien à en tirer.

Je suis vraiment déçue de ne pas aller en Corse. La Vieille le sent. Elle en profite. Me nargue, dès qu'elle m'a sous la main. À table, elle se régale. Regarde un peu ta fille, cette tête qu'elle fait, on dirait qu'elle porte toute la misère du monde sur ses épaules. Mademoiselle s'imaginait qu'on allait la laisser partir un mois avec n'importe qui. Faire du camping, en plus. Tant que tu es mineure, ma petite fille, dis-toi bien que c'est nous qui décidons. Nous sommes responsables de toi. Crois-moi, ça ne nous amuse pas, d'avoir cette face de carême à contempler en permanence. Mais il y a des moments où il faut se sacrifier. Plus tard, tu nous remercieras.

Vieille salope.

Catherine ne mange plus. Elle est devenue presque maigre, elle qui était trop ronde. Sa mère s'inquiète. Son père l'a traînée chez une psy, il s'imagine que ça suffit pour réparer, que c'est comme ça qu'il va se rattraper. Une psy. C'est la meilleure. Catherine m'a raconté, c'est tellement gros, son faux sourire, sa fausse compréhension, tu dois me faire confiance, je suis là pour t'aider, nous allons essayer ensemble de trouver un sens à tout ça. Catherine ne répond rien, qu'est-ce qu'elle pourrait bien dire ? Tout le monde sait ce qui ne va pas, c'est pourtant simple, pas besoin de chercher si loin, ce qui ne va pas, c'est le monde tel qu'il est, les pères qui partent avec des étudiantes, les mères qui se mettent à boire en cachette, pour ne plus y penser, comme si tout ça n'était pas clair, limpide, comme si on avait besoin d'une psy pour le comprendre, comme si surtout on pouvait changer quelque chose.

Catherine dit que depuis qu'elle ne mange plus, elle se sent mieux, elle n'a plus peur la nuit, elle ne fait plus de cauchemars, elle voit tout ça de haut. Elle me dit d'essayer. Parfois je suis tentée : ne plus rien absorber, se détacher du monde tranquillement, s'en aller doucement, loin de la Vieille et de sa haine que je sens dans mon dos même quand elle n'est pas là. Il suffirait de ne plus venir à table, jamais.

Mais non, elle serait trop contente. Ne pas lui donner ce plaisir. Devenir quelqu'un malgré elle. Heureuse et bien portante, pendant qu'elle vieillit. Elle est de plus en plus souvent malade. La mort du chien, elle ne s'en remet pas. Ça me console. J'attends mon heure.

28

Quelle bande de salauds, de lâches, de mollusques ! Je me disais aussi, ça s'était un peu trop calmé, ça paraissait bizarre, au moins deux semaines qu'à table ils me foutaient la paix. Mais non : ils préparaient leur coup, en douce.

Il faut dire que je continuais, mon truc de prendre de temps en temps un peu d'argent dans le porte-monnaie de la Vieille. J'étais bien bête de croire qu'elle ne s'en apercevrait pas, pingre comme elle est. Vraiment idiote. D'accord, ce n'était pas malin, ça n'est pas beau de voler, mais comment faire aussi, ça n'était pas pour m'amuser que j'avais besoin d'un soutien-gorge. J'ai quatorze ans et elle m'achète toujours des maillots de corps Petit Bateau.

Ce coup-ci ils me tiennent. Comme chantage c'est réussi. Si je ne cède pas, ils le disent à Marie. Bande de tordus ! Et quand je pense que la Vieille a eu le culot de me demander si je n'avais pas été voler Marie, aussi ?

Le mieux à faire, ce serait d'aller tout lui expliquer. Seulement, pour qu'elle comprenne, il faudrait que j'arrive à dire, à raconter, pourquoi je refuse l'argent de mon père, pourquoi je ne veux pas faire la paix. Et pour raconter ça, il faudrait que j'explique aussi ce qu'il a fait. Et ça, je ne crois pas que je pourrais.

Je me demande si je ne préfère pas encore passer pour une voleuse. Je crois que si. Je crois que je préfère. Je ne sais pas. Je pense une chose, et juste après, je pense son contraire.

Catherine est à l'hôpital. Elle avait trop maigri, ils l'ont enfermée dans une chambre, elle n'a le droit de voir personne tant qu'elle n'a pas pris un kilo. C'est sa mère qui m'a raconté. Elle en pleurait au téléphone. Ça m'a fait mal. Franchement, tout ça, ça n'est pas juste.

J'ai écrit à Catherine, je lui ai dit de faire ce qu'ils voulaient, je lui ai dit de faire comme moi, on attend la majorité, après on se vengera.

29

Catherine est sortie, elle s'est mise à manger dès qu'elle a eu ma lettre. Elle a pensé que c'était vrai, qu'elle n'avait aucune chance, ils sont trop forts. La seule chose qu'elle a demandée, c'est de ne plus être obligée de voir la psy. Elle leur a dit vous comprenez, le simple fait de penser que je vais la voir, ça me donne envie de vomir, c'est pour ça que je ne peux rien absorber. Sacrée Catherine. J'aurais bien voulu qu'on soit sœurs.

Pour les histoires d'argent, je me suis débrouillée. J'ai fait ça avant le repas, dans la cuisine, en aidant Marie à faire une salade. Je coupais les tomates, et puis je lui ai dit, voilà, j'ai fait un truc pas bien, je voulais t'en parler avant que ça te revienne aux oreilles. Je me sentais toute rouge, pas tellement à cause de cette histoire d'argent, plutôt à cause de ce que je ne lui racontais pas, qui expliquait. En fait Marie n'a pas été choquée. Ça l'a fait rire, de me voir embêtée. Elle m'a dit qu'elle avait fait pire, quand elle avait mon âge. Une fois elle a volé un livre sans en avoir besoin, juste pour voir si elle pouvait le faire. Des choses pas très malignes, on en fait tous, ne t'en fais pas, ce qu'il faut c'est s'en apercevoir, et s'arrêter à temps. C'est drôle, je me suis sentie légère, plus que je n'aurais dû, un peu comme si sans le savoir Marie m'avait aussi pardonné tout le reste. Je me suis dit que j'aurais pu lui en parler, j'ai même failli, mais Pierre est arrivé dans la cuisine.

Au collège, depuis cette année, je m'intéresse aux maths. Avant c'était surtout le français qui me plaisait, parce que la prof te ressemblait. J'aime toujours ça, mais maintenant en plus j'aime les maths. C'est comme un monde à part, très calme, sans souffle court derrière le dos, sans doigts qui se mettent à trembler, sans lâcheté. Il y a des lois, on peut les retrouver tout seul, il suffit de prendre un papier et un crayon et on refait tout ce qu'on veut. Ça me plaît beaucoup, parce que apprendre des choses par cœur, sauf si c'est des poèmes, je n'aime pas trop, surtout maintenant qu'il n'est plus question que papa soit là pour me faire réciter. Ce qui est bien, aussi, c'est que pour qu'une démonstration soit belle, il faut qu'elle soit la plus simple possible. La prof appelle ça l'élégance, elle dit c'est très facile à voir, quand une démonstration est belle, c'est qu'elle est très simple à comprendre, et qu'une fois qu'on l'a vue on a l'impression qu'on l'a trouvée soi-même. Quand elle nous donne des exercices, je m'amuse à les faire deux fois, une fois laide comme la Vieille, lourde et qui sent la naphtaline, et une très belle, légère, comme tu dois être. Je n'y arrive pas toujours, mais quand la prof me dit en rendant ma copie vraiment, tu as un don, je n'y avais même pas pensé, je sens il n'y a pas de doute, je ressemble à Kivousavé.

Sur mes copies, je mets ton nom bien accroché au mien, c'est Marie qui m'a dit que j'en avais le droit, moi ça me plaît, aucun prof n'a rien dit, avec tous les divorces il y en a beaucoup qui portent les deux noms. Ce qui va être drôle, c'est s'ils font le report sur mon bulletin scolaire, j'imagine la tête de la Vieille quand elle va voir ton nom, comme ça, juste à côté du sien.

30

Bientôt, tu n'auras plus aucun mystère pour moi : Marie a fait parler papa.

Il y avait un pot pour un départ à la retraite, papa était seul dans son coin, alors Marie a tenté sa chance. D'abord, elle a parlé de moi, histoire de le mettre en confiance. D'après Marie, il est désemparé, il ne sait pas comment me prendre, il n'en dort plus la nuit, je suis devenue tellement dure, dès qu'il me parle il a l'impression que je vais lui sauter à la gorge.

Vous savez, a dit Marie, il ne faut pas vous mettre dans cet état, c'est son âge qui veut ça, et puis dans le cas de votre fille, ce qui est ennuyeux c'est qu'elle n'a pas une mère pour se confier. Moi-même, je me souviens, à cet âge-là, je ne pouvais plus supporter mon père, je ne lui parlais plus, alors que maintenant, nous nous entendons à merveille, donc vous voyez, ce n'est qu'un mauvais moment à passer.

Et comme ça, de fil en aiguille, l'alcool aidant, elle l'a amadoué.

Il a dit je m'en rends bien compte, que ce qu'il lui faudrait, c'est une mère comme tout le monde, mais ça n'est pas possible, ça n'a jamais été possible, sa mère n'a jamais été comme tout le monde.

Marie a pris un air intéressé, et ça n'a pas loupé.

Papa s'est mis à lui parler de toi. Il a raconté qu'il t'avait rencontrée, pendant qu'il faisait son service, parce que tu vivais là, dans la caserne, que tu étais la nièce d'un officier. Tes parents étaient morts pendant la guerre, ton oncle et ta tante t'avaient prise avec eux, ils n'avaient pas d'enfant, mais ça n'était pas seulement par affection qu'ils s'occupaient de toi, c'était aussi un bon moyen pour eux que quelqu'un fasse leur ménage gratuitement.

Dans la chambrée où il était, ils étaient tous amoureux de toi, c'était un peu normal, des filles jeunes et jolies, il n'y en a déjà pas beaucoup, alors dans une caserne encore bien moins.

Ce n'est pas moi qui serais allé la chercher, a dit papa, la première fois que je l'ai vue, j'ai tout de suite pensé que ce n'était pas une femme pour moi. Elle avait l'air tellement plus haut que tout le monde, sans être prétentieuse, mais elle avait la classe. Je n'osais même pas en rêver, j'étais encore très innocent, à cette époque, vous voyez ce que je veux dire.

Je vois très bien, tu n'avais pas encore fait comme les chiens. Et des revues, tu en lisais ?

Donc, a continué papa, j'ai été bien surpris quand une nuit où j'étais de garde, tout seul avec mon fusil dans le froid, vers trois-quatre heures, le moment le plus dur, je grillais une cigarette en cachette et j'ai vu arriver la demoiselle. J'ai écrasé ma cigarette en vitesse, c'était un coup à pas avoir de perm, et puis j'ai dit bêtement, bonsoir, mademoiselle, qu'est-ce que vous faites par là. Elle m'a expliqué qu'elle n'arrivait pas à dormir, et qu'elle avait eu envie de bavarder avec la seule personne qui était éveillée comme elle dans tout le campement.

Ça a commencé comme ça. Tu l'as fait parler de lui, de son enfance, de ses parents – tu aurais dû comprendre et t'enfuir en courant, s'il t'a parlé de la Vieille le premier soir, moi qui croyais que tu étais intelligente – de ce qu'il voulait faire après l'armée. D'habitude, il n'arrivait pas bien à s'exprimer avec les filles mais là, cette nuit-là, les mots glissaient tout seuls hors de sa bouche, et il t'avait même fait rire, une ou deux fois.

C'est difficile à croire, quand on voit ce qu'il est devenu, mais à l'époque, papa voulait être poète, il écrivait sur un gros cahier à spirales. À mon avis, il devait faire très attention à ce qu'il ne traîne pas, histoire que la Vieille n'aille pas corriger ses fautes. Les poèmes, ça t'intéressait, tu lui as fait promettre de t'en montrer à l'occasion. Là-dessus, juste avant la relève, tu es partie, légère, comme un fantôme.

Ça c'est moi qui l'ai rajouté, je te vois bien la nuit, enveloppée dans un grand manteau noir, toute pâle sous la lune, un rire ou deux, parler de poésie, et puis t'éloigner quand l'aube va poindre, légère, comme un fantôme.

D'après Marie, il se noyait dans les détails, comme s'il le revivait, comme si c'était plus vrai quand il le racontait.

Il t'a fait un poème rien que pour toi, il te l'a envoyé, et puis voilà.

À son cinquième ou sixième verre, papa écrasait carrément une larme. Marie ne buvait rien, elle avait trop envie de tout me répéter. Ma fiancée était adorable, disait papa, elle faisait des études par correspondance, il n'y avait pas d'université dans la région, elle devait s'occuper de son oncle, elle ne pouvait pas déménager. Elle suivait donc des cours par correspondance, ce qui ne l'empêchait pas d'être brillante, les professeurs la remarquaient...

Pour moi, a continué papa, tout ça c'était du charabia, c'était les maths qu'elle étudiait, pour moi les lettres, ça allait, mais les mathématiques, c'était ma bête noire, je ne cherchais même pas à voir si je pouvais comprendre.

Marie a profité d'une pause où il allait remplir son verre pour demander : mais enfin que s'est-il passé ? Pourquoi est-elle partie ? Je ne comprends pas.

Alors papa est devenu tout gris. Oh, ça, il a dit après avoir bu une gorgée, c'est une affaire d'incompatibilité. Avec ma mère. Une vilaine histoire, je préfère ne pas y penser.

Marie a attendu, et il a continué. Elle est très forte, Marie.

Ce qu'il a expliqué à mots couverts, c'est que du jour où la Vieille est venue vivre à la maison, tout s'est dégradé. La Vieille ne comprenait pas ta manière de vivre, le fait que tu préférais étudier plutôt que de t'occuper du bébé – c'est-à-dire t'occuper de moi. Tu avais toujours dit à papa que tu ne t'arrêterais pas de travailler pour moi, en plus c'était tout au début, puisque papa t'a épousée juste au moment où tu as passé l'examen pour enseigner. Comme je suis née six mois après, la Vieille s'est installée à la maison, soi-disant pour t'aider, en fait – et ça je l'imagine très bien – pour mettre son nez partout, rétablir l'ordre et mettre tout le monde au pas. Elle a trouvé du travail pour papa – ce même travail qu'il fait toujours, dans son service du contentieux – alors que tu voulais qu'il garde du temps pour ses poèmes, tu disais qu'avec ton salaire de prof ça suffisait, et comme ça papa aurait pu être avec moi dans la journée. La Vieille a tout fait exploser, pour elle c'était inconcevable, qu'une femme travaille et que son mari reste à la maison, à écrire des poèmes et à torcher les gosses. Elle s'est mise à tout critiquer, la manière dont tu étudiais, les heures où tu rentrais... Il y a eu des scènes horribles, papa s'est écrasé... Tu es partie.

C'est très plausible. Mais ça ne nous dit ni pourquoi tu m'as laissée, ni où tu es partie. Est-ce que tu as refait ta vie ? Est-ce que tu as voulu me voir ? Au fond, c'est qui, Kivousavé ?

31

La Vieille n'a rien dit, quand elle a vu ton nom sur mon bulletin scolaire. Il faut dire qu'il n'y avait rien à dire, vu qu'il était parfait, ce bulletin, je vais aller dans le meilleur lycée, je suis première en maths, première en français, presque première partout, alors elle est coincée.

Pour les habits, Marie a dit qu'elle irait avec moi pour les acheter. Depuis que papa lui a fait ses confidences, Marie c'est devenu quelqu'un, à la maison. Même la Vieille ne peut rien contre elle. J'ai entendu papa lui expliquer, tu sais, elle a très bien cerné le caractère de la petite, sa crise d'adolescence, il vaut mieux la laisser s'occuper d'elle, s'il se produisait quelque chose, on serait prévenus.

Je me demande ce qui pourrait bien se passer, à part bien sûr peut-être si je te rencontrais, comme ça au coin d'une rue, légère, comme un fantôme sorti tout droit de ma mémoire, tu me dirais c'est moi, je suis Kivousavé, je suis venue te prendre. Parfois j'en rêve, quand je m'ennuie en allant au collège, ça passe le temps, j'imagine ce qu'on se dirait, certaines fois je reste très froide, en te disant voilà le résultat, maintenant il faut que tu répares.

Pour les habits, Marie, elle n'est pas bête, elle sait comme c'est insupportable, d'avoir quelqu'un qui attend que tu te dépêtres, dans la cabine d'essayage, que tu sortes affublée d'un truc qui ne te va pas du tout, juste au moment où la vendeuse arrive, le sourire bien coincé entre les dents, mais c'est charmant, ça lui va parfaitement, c'est tout à fait le style de mademoiselle, et toi, tout en sueur d'avoir passé ce truc, avec l'impression que tout le monde regarde de ton côté dans la boutique, toi tu dis non, non, non non vraiment, je crois que ça ne me plaît pas, je suis serrée, je n'aime pas la couleur, n'importe quoi pour pouvoir retourner dans la cabine, Marie comprend, alors elle m'a montré un magasin, là où elle va, tu prends ce que tu veux, tu vas dans une cabine, tu t'y installes aussi longtemps que tu le veux et tu essayes, tranquille, il y a une glace dans la cabine, tu n'as pas besoin de sortir et que tout le monde voie à quel point tu es ridicule dans une robe à volants, parce que vraiment, quand on a un physique comme ça, on fait quand même un peu plus attention en s'habillant.

Je me demande ce que je ferais sans Marie. Je survivrais, évidemment, mais j'aurais peut-être fait des bêtises, une fugue par exemple, ça me tenterait, mais je sais bien que c'est perdu d'avance, on te retrouve et hop, on te renvoie chez tes parents, ils font semblant d'être gentils comme des moutons et après ils se vengent. Si encore on m'avait tapée, mais la Vieille c'est tout en torture mentale, à rabâcher que je ne suis pas belle, que jamais un garçon ne posera les yeux sur moi, ça c'est ce qui est le plus dur, parce que entre nous, je ne suis pas loin de le croire. Aucun garçon ne s'intéresse à moi, je veux dire comme à une fille, j'ai l'impression que je ne suis pas comme il faudrait pour ça. Quand je vais quelque part avec Catherine, même par exemple si on se promène dans la rue, c'est toujours à elle qu'on sourit, à elle qu'on adresse la parole. Quand on en parle toutes les deux, elle dit que je dis des bêtises, que dès qu'un homme fait attention à moi, je lui décoche un tel regard qu'il se dépêche de faire comme si de rien n'était. Elle a peut-être raison, mais je ne fais pas exprès.

32

L'ultimatum que tu lui as posé, je me demande quand même si c'était à cause de la Vieille. Ça me paraît trop simple, je ne sais pas, j'en attends plus venant de toi. Parce que la bru qui ne peut pas s'entendre avec sa belle-mère, c'est d'un banal, et moi j'ai l'impression que quand on est comme toi, on est bien au-dessus de ces choses-là.

Ce que je voudrais bien, c'est que tu sois vraiment quelqu'un d'exceptionnel. Par égoïsme, évidemment, puisqu'il paraît qu'on se ressemble, ça me donnerait un label, une preuve en plus, je suis la fille de Kivousavé, regardez-moi.

Mes rêves s'usent, ceux où tu me retrouves, je les ai trop utilisés, c'est un peu bête, mais ça me tenait chaud, maintenant quand j'essaye, j'ai l'impression de ressasser une vieille histoire, comme un poème qu'on sait tellement par cœur qu'on n'arrive plus à sentir ce qu'il dit, alors que la première fois qu'on l'a lu, il ouvrait sur le monde.

La Vieille me dégoûte de plus en plus. Déjà petite, je la voyais comme une limace avec des poils qui piquent, une limace qui sentirait la naphtaline, mais maintenant elle devient vraiment vieille, elle s'y complaît, elle se relâche, comme si c'était bien fait pour nous qu'elle enlaidisse. Elle a des plis au coin des lèvres qui ne s'effacent plus jamais, elle passe son temps à grimacer en se tenant le ventre, et quand papa propose d'appeler un docteur, elle fait celle qui prend sur elle, qui déploie une énergie surhumaine pour s'arracher un lambeau de sourire, et elle dit non, ça va aller, les médecins sont des incompétents. Quand elle dit ça, ça me donne envie de devenir médecin, pour l'achever.

À la rentrée je vais dans le meilleur lycée, je sais je te l'ai déjà dit, mais ça me fait plaisir de le répéter. Eux, ils se sentent mal, sûrement qu'ils pensent à toi puisque je vais en section scientifique, ils doivent être effrayés de la coïncidence. Papa est allé voir ma prof de maths, elle me l'a raconté, elle a trouvé ça très bizarre, il lui a demandé si c'était obligé que j'aille dans ce lycée, soi-disant bien trop loin de la maison. La prof a répondu, c'est le meilleur lycée, et vu le niveau de votre fille, ce serait criminel de l'envoyer ailleurs. Il aurait préféré que je choisisse les lettres, il aurait pu s'imaginer qu'il avait barre sur moi, me forcer à lui montrer mes devoirs, comme il a fait toute cette année, comme si j'allais mettre des choses de moi dans des devoirs, alors que n'importe qui peut les lire.

Je dis ça mais en fait dans mes devoirs de maths, je mets beaucoup de moi. Seulement c'est tout crypté, même ma prof ne comprend pas toujours bien, alors papa, il en est incapable. Je me demande comment tu as pu faire, si c'était important pour toi, comment tu as pu supporter qu'il ne comprenne rien ? Moi il me semble que si un jour je rencontrais quelqu'un, j'aurais besoin qu'il me comprenne en tout. Enfin, peut-être que dans la vie c'est autrement, je ne sais pas.

Ce qui est dommage, c'est que l'année prochaine, je ne serai plus avec Catherine, elle va aller dans un lycée technique, en fait depuis son séjour à l'hôpital, elle n'a jamais retrouvé son niveau, elle dit que réfléchir, elle n'en a plus envie, elle préfère faire des choses avec ses mains. Avec mes mains, moi je n'arrive à rien, pourtant on s'aime toujours, en fait je m'aperçois que c'est peut-être des bêtises ce que j'ai dit, sur les maths et papa, si ça se trouve vous vous entendiez bien quand même. Mais si tu étais forte comme il me semble, d'après ce que dit Mademoiselle Delclos, et même d'après la haine que la Vieille a pour toi, ce que je ne comprends pas, c'est que tu ne sois pas arrivée à l'arracher des griffes de la limace.

Il a dû y avoir autre chose.

33

Avec papa c'est la guerre froide. La Vieille est à nouveau à l'hôpital mais ce coup-ci j'en arrive presque à regretter sa présence. Il s'imagine qu'à cause de ça, ça va recommencer, qu'on va enfin se retrouver, du genre que j'ai fini ma crise d'adolescence, mais pas du tout, je suis en plein dedans, et je n'ai pas l'intention d'en sortir.

La nuit il ronfle, je n'arrive pas à ne pas l'entendre, ça fait longtemps qu'il ronfle mais maintenant je le tuerais, et puis en ce moment il a un rhume, il a l'air tellement minable, à renifler, et je ne parle pas du bruit qu'il fait quand il mange sa soupe, c'est répugnant.

Au fond tu m'as mise dans une sacrée galère. C'est trop facile, aussi. Je me demande si tu mérites tout ça, ce que je fais pour toi, non, bon j'arrête, on croirait entendre papa, après tout ce que j'ai fait pour toi, les mêmes mots, c'est effrayant, il faut que je fasse attention.

Il y a une chose qui me travaille, c'est ce qu'a dit la Vieille, ta mère c'était une pute, une pute et rien de plus, sur le coup je n'ai pas voulu l'entendre, maintenant ça me revient, et je me demande quel était le feu qui a produit cette fumée-là. Bien sûr, la Vieille, il lui suffit d'une étincelle pour en faire une fumée nauséabonde, mais pour l'instant il n'y a rien, dans ce que j'ai pu reconstituer, qui justifie qu'elle t'ait traitée de ça, juste de ça, et de rien d'autre.

Catherine, dans son lycée, il y a un peu de tout, c'est moins filtré, il y a des élèves qui se droguent, et dans le lot il y en a une avec qui Catherine a sympathisé, elle lui a expliqué que quand elle avait besoin d'argent, de temps en temps elle faisait des passes.

D'après Catherine, cette fille n'est pas la pire, elle ne se drogue pas, elle dit que faire la pute, ça ne la dérange pas, et qu'avec l'argent elle peut s'acheter toutes les fringues qu'elle veut.

Ne t'en fais pas, je ne vais pas faire ça, de toute façon j'en serais incapable, et puis je suis trop moche, et puis de toute façon il n'en est pas question, mais quand Catherine m'a raconté, je me suis dit après tout est-ce que c'est si mal, de faire ça, est-ce que c'est si répréhensible, si tout le monde en sort content, la fille a de quoi s'acheter des fringues, le type repart un peu moins triste – bien sûr, ça n'est pas sûr –, enfin où est le mal et pourquoi est-ce qu'on méprise à ce point ce genre de chose ?

Je veux dire même si c'était vrai, ce que la Vieille a dit de toi, même si tu avais pu faire ça, mettons une fois, pour voir ce que ça fait, et qu'elle l'ait su, est-ce que ça justifierait ce mépris, tous ces secrets, me raconter que tu es morte?

J'ai réessayé de l'ouvrir, le fameux tiroir, mais ça a l'air complètement impossible, j'ai l'impression qu'il est blindé. Un jour je l'arracherai. Mais pour l'instant, j'aime mieux attendre encore un peu. Au fond j'ai peur de ce que je vais trouver dedans. Qu'est-ce que tu veux, Kivousavé, il y a des moments où je suis lâche, je suis aussi la fille de mon père.

34

Je m'entends bien avec mon prof de maths, je crois que c'est la première fois que je me sens en harmonie avec un prof, l'an dernier j'aimais bien celle de français, mais avec celui-là, c'est différent, il y a comme une complicité qui s'est établie entre nous, j'ai envie d'en apprendre de plus en plus, lui il me donne des livres à lire, des exercices supplémentaires. Ceux que je préfère, c'est ceux qu'il invente lui-même, exprès pour moi.

Il vient juste d'être agrégé ; cette année, il est stagiaire, il n'a qu'une classe. Comme il a plein de temps, il a proposé à ceux qui voulaient, pendant deux heures qu'on a de libres, le samedi matin, de venir le voir pour qu'il nous fasse travailler en particulier. Dans son esprit, c'est pour ceux qui ont des problèmes en maths, mais moi, j'y suis allée, après tout il a dit ceux qui voulaient. En fait, la première fois j'étais la seule, les autres pensent que je suis masochiste, ou bien que je fayote, ça m'est égal, je suis habituée à des critiques bien pires à la maison, et quand je suis entrée dans la petite salle, j'ai bien vu qu'il était content. Il m'a donné un exercice, en disant que c'était de la logique, pour voir si j'avais vraiment l'esprit mathématique, je l'ai trouvé tout de suite, des trucs comme ça je m'amuse à en faire toute seule, il a eu l'air impressionné alors il m'a donné un livre à lire.

Je lui ai demandé ce qu'il faisait, à part les cours, il m'a expliqué qu'il faisait une thèse, parce que ce qu'il voulait, c'est aller enseigner en fac, il en faut une pour ça. Il a ajouté qu'il avait son temps bien pris, qu'il venait d'avoir un bébé qui le réveillait toutes les nuits, mais que ça n'était pas plus mal, quand il n'arrivait pas à se rendormir, il se mettait à travailler, la nuit on a souvent les idées bien plus claires que dans la journée.

C'était drôle comme conversation, on aurait dit qu'on était deux adultes, sur le même plan, comme quand je parle avec Marie, pourtant lui il est prof, il me traitait comme si ce que je disais avait de l'importance, comme si je n'étais pas une sale môme en pleine crise d'adolescence.

Il n'est pas beau, en fait il est même un peu gros, mais il a une manière de t'expliquer les choses, tellement claire qu'on a l'impression que tout est simple, qu'on va pouvoir comprendre tout. Il m'a raconté des histoires, sur l'histoire des mathématiques, comment on a inventé le zéro, comment on a créé des nombres imaginaires, et ensuite on s'est aperçu que ça pouvait servir pour étudier les ondes, je pourrais l'écouter des heures comme quand j'étais petite, et que papa était encore papa.

35

J'ai vu Catherine, ça s'est très mal passé.

J'avais réussi je ne sais pas comment à faire accepter à papa, donc à la Vieille, d'aller chez elle un mercredi après-midi, comme on n'est pas dans le même lycée, ça devient difficile de se voir. J'étais contente comme tout quand je suis arrivée chez elle. Mais ça faisait à peine un quart d'heure qu'on était là, à discuter, on avait à peine eu le temps de se raconter deux broutilles, je commençais à lui parler des maths, de mon prof, de l'invention du zéro, des nombres imaginaires et de tout ça, quand son téléphone a sonné, un copain lui proposait d'aller se promener. Elle ne m'a même pas demandé si je voulais, elle a dit oui, d'accord, on sera là dans dix minutes. Ça ne m'arrangeait pas trop de sortir, parce que la Vieille prend un malin plaisir à vérifier si je suis bien là où j'ai dit, par exemple en téléphonant. J'ai expliqué ça à Catherine, elle m'a répondu qu'il était temps que je sorte des jupes de la Vieille, qu'à mon âge, je devais arrêter de me conduire comme un bébé, avec un ton nouveau que je n'ai pas aimé. Ça m'a vexée, mais je ne l'ai pas dit, on est parties rejoindre son copain.

Le rendez-vous était dans un café, moi les cafés je n'y mets pas souvent les pieds, pas parce que c'est des lieux de perdition, mais ça me rappelle les dimanches après-midi avec papa, je ne peux pas m'en empêcher, et ça fait mal, enfin tant pis, je me suis dit qu'effectivement je n'allais pas me comporter comme un bébé, je suis rentrée dans le café avec Catherine.

Son copain jouait au flipper, j'ai toujours trouvé ça idiot, on dépense beaucoup d'argent pour mettre une petite balle dans un trou, avec de la musique affreuse, des lumières qui clignotent, des tas de mots en faux anglais, et quand la balle s'en va, on s'énerve stupidement, comme les gens qui sont au volant, ou ceux qui hurlent tout seuls en regardant un match à la télé.

Avant, Catherine et moi, on était bien d'accord, pour le flipper, les types qui jouaient à ça, on les trouvait très niais.

Mais là, ce mercredi, elle avait l'air de trouver ça vraiment intelligent, cette manière de passer le temps. Elle a commandé un demi – ça m'a fait mal, qu'elle boive à trois heures de l'après-midi, elle sait bien que sa mère a commencé comme ça –, et elle s'est mise à regarder le type, à pousser de grands cris quand il gagnait, enfin à faire tout ce qu'on avait juré qu'on ne ferait jamais.

Son copain, il avait une drôle de tête, avec des tatouages sur les poignets et sur les mains, moi je ne comprends pas qu'on se fasse défigurer les bras pour frimer, il avait quatre anneaux qui lui sortaient des oreilles, ça et ses cris quand il perdait, ça ne le rendait pas très séduisant. Pourtant, par rapport au reste de la bande, c'était plutôt un apollon. Parce qu'il y en a eu bientôt deux autres, qui se relayaient au flipper, et Catherine restait là à glousser, en minaudant comme si elle était aussi bête qu'eux.

Je me sentais très mal à l'aise, au point que j'avais envie de rentrer chez moi, mais j'ai décidé de faire un effort, d'essayer de comprendre ce que Catherine leur trouvait, il devait y avoir une raison.

Un des trois types, un tout petit qui prenait des airs de vrai dur, est venu s'asseoir près de moi, d'abord il m'a demandé si j'avais une cigarette, j'ai dit que je ne fumais pas, en même temps que je parlais, j'entendais le déclic qui se faisait dans sa cervelle, « nase », c'est une nase, voilà ce qu'il pensait, de toute façon je détonnais dans cet endroit, même quand c'est moi qui choisis mes habits, je ne suis pas au goût du jour, il me faudrait quelques trous dans le nez, bien plus de maquillage, et des chaussures de punk ou quelque chose comme ça.

Quand j'ai tourné la tête, j'ai vu Catherine qui embrassait son copain, celui qui était là en tout premier, les autres regardaient, et ça durait, durait, alors le petit dur m'a dit poupée, ça te dirait de me rouler une pelle, le pire c'est qu'il était sérieux, il s'imaginait que j'allais ouvrir ma bouche et l'embrasser sur commande, j'en suis restée éberluée, alors Catherine qui avait entendu s'est arrêtée de bécoter son type et elle a dit bien fort, histoire que tout le café en profite, je vous présente mon amie d'enfance, des comme elle on n'en fait plus, elle aime les maths et elle n'est jamais sortie avec un garçon.

Ils se sont tous mis à rire, j'avais les lèvres qui tremblaient, je me suis levée de ma chaise, je me suis dirigée vers la sortie, au passage il y en a un qui m'a touché les fesses en disant quelque chose, ils ont ri à nouveau, moi j'étais dans la rue, je pleurais en courant de rage, je ne voyais plus rien, je pleurais j'ai couru jusqu'au jardin public, là je me suis écroulée sur un banc.

Ces choses-là quand ça commence, c'est la loi des séries, j'avais à peine pu ravaler ma rage, qu'une espèce de vieux type, affreux, avec des dents en moins, est venu s'asseoir sur mon banc en me disant mademoiselle, vous avez l'air bien triste, laissez-moi vous réconforter.

Je ne pouvais pas rentrer comme ça, avec les yeux tout rouges, la Vieille aurait imaginé je ne sais quoi, elle m'aurait interdit toutes les sorties à l'avenir, ce n'était pas possible. Alors je suis passée par le lycée, je connais le concierge, je lui ai dit que j'avais juste besoin de passer aux toilettes, il m'a laissée entrer, je suis allée dans les toilettes des profs, ils ont un grand miroir et une serviette en tissu pour s'essuyer les mains, je me suis refait une figure décente. Ensuite je suis allée dans la cabine téléphonique, celle qui est dans le hall, j'ai téléphoné à Marie, le mercredi elle est chez elle pour s'occuper de ses enfants, je lui ai raconté ce qui s'était passé, elle m'a dit que Catherine devait traverser une mauvaise période, qu'elle essayait de s'intégrer dans un nouveau groupe de copains, et qu'elle me rejetait, au moins provisoirement, parce que je représentais un monde dont on l'avait exclue. Marie a toujours une manière de voir les choses qui fait du bien, je me suis sentie mieux après, et en sortant, je suis tombée nez à nez avec mon prof de maths. Il m'a dit quelque chose de gentil, comme quoi il ne s'attendait pas à voir mon joli minois dans ce grand hall glacial, je lui ai souri, et puis je suis partie très vite, alors que peut-être on aurait pu parler.

La Vieille était surprise que je rentre si tôt, elle n'avait même pas eu le temps de faire le flic en appelant Catherine, toutes ses copines du mercredi étaient encore à la maison, j'ai dit que j'avais plein de travail, que c'était pour ça que j'étais rentrée plus tôt, ça a permis à la vieille qui sent la lavande de dire décidément, c'est une jeune fille modèle, tellement sérieuse et tellement brillante. Elle m'a offert les deux derniers gâteaux qu'elle avait amenés, ça m'a remise de bonne humeur, surtout quand j'ai vu la tête des autres vieilles, aucune n'avait osé les prendre mais toutes les convoitaient secrètement.

36

J'ai eu une mauvaise note en maths, je ne sais pas ce qui m'a pris, pour ce dernier contrôle, je pensais sans cesse à Catherine, je n'arrive pas à digérer ce qu'elle m'a fait. Marie a beau dire que je dois comprendre, moi je croyais qu'elle était mon amie, ça me fait mal, elle ne m'a pas téléphoné depuis, je n'ai pas d'autre amie comme elle, enfin j'ai de la peine, alors pendant tout le dernier contrôle, j'ai pensé à autre chose, j'ai fait les exercices automatiquement, je pensais que c'était facile, en fait c'était bourré de pièges, je n'en ai vu aucun.

Quand le prof a rendu les copies, il y en a eu dix avant la mienne, d'habitude je passe en premier, je comptais sans y croire, je pensais que c'était une blague, qu'il m'avait oubliée, mais quand j'ai vu ma note, tout le rouge dans la marge, ça m'a fait comme un coup de poignard en travers de la gorge. Le pire, c'était le commentaire, quelque chose d'ironique, du genre " il ne suffit pas de travailler, il faut utiliser ses neurones de temps en temps ! ".

Quand le cours a été fini, je voulais m'en aller très vite, comme l'autre jour dans le café, juste envie d'être ailleurs, même chez la Vieille à l'heure du dîner, tout plutôt que de rester là, mais comme j'allais passer la porte, il m'a dit toi, tu restes là, il faut qu'on parle tous les deux.

J'ai attendu les yeux baissés, je me sentais rougir et je n'aimais pas ça, il m'a dit, bon, ne te mets pas dans ces états, j'ai fait un peu d'humour sur ta copie, tu ne vas pas te vexer pour si peu. J'ai dit non en pensant que je le détestais. Ensuite il m'a dit est-ce que tu peux me dire ce qui ne va pas, qu'est-ce qui s'est passé, alors j'ai dit que non, rien ne s'était passé, simplement je pensais à autre chose le jour de l'interro, et puis voilà. Il m'a demandé si j'avais des soucis, j'ai dit pas plus que d'habitude, alors il m'a dit bon, je ne m'y prends pas comme il faudrait, est-ce qu'il y a un endroit où on pourrait se voir pour discuter un peu, tout à l'heure après la cantine, je ne sais pas, moi, par exemple au café ?

J'ai senti mon cœur s'affoler, j'ai dit je veux bien qu'on parle n'importe où mais pas dans un café, je ne veux plus aller dans les cafés.

Il a souri, comme tu voudras, je pensais que dans un café ça pourrait être plus détendu, tu es toujours tellement sérieuse, alors j'ai souri à moitié, et puis je suis partie très vite, en me disant mais c'est pas vrai, j'ai tout pour plaire, jamais embrassé un garçon, je ne sais pas faire marcher mes neurones, et maintenant je suis sérieuse.

Je n'ai fait attention à rien pendant les cours qui ont suivi, les profs parlaient dans un halo, un bruit de fond très loin de moi, j'ai mangé vite, sans avoir faim, il me semblait que si je mangeais bien, correctement, sans me bourrer de pain, le cauchemar s'arrêterait.

Il m'attendait devant la salle des profs, on est allés là où il fait sa permanence le samedi matin, on s'est assis, il y a eu un silence, ensuite il m'a redemandé si j'avais des problèmes. J'ai souri du mieux que j'ai pu et j'ai dit non, je vous assure, pas particulièrement, alors il a dit voilà, tu as bien trop de dons pour que je te laisse les gâcher, ce serait criminel, donc je vais demander à tes parents qu'ils viennent me voir.

Tu imagines ma tête, j'ai senti les larmes me monter aux yeux et j'ai dit non, tout mais pas ça, laissez-les en dehors de ça, ils vont déjà être tellement ravis quand ils vont voir que j'ai eu une mauvaise note, les faire venir, je ne supporterais pas.

Il a pris un air très gentil, il m'a dit explique-moi ça, c'est très curieux.

Qu'est-ce que je pouvais faire ? Je lui ai raconté ; enfin, pas tout, juste un peu l'atmosphère, la Vieille qui ricane derrière mon dos, papa qui laisse faire, ce genre de chose. Et ta mère, il m'a dit, qu'est-ce qu'elle fait dans tout ça ? Elle ne dit rien, elle laisse faire ta grand-mère ? Oh, ma mère, j'ai répondu, en prenant une mine de circonstance, ma mère elle n'est plus là depuis longtemps. Elle est morte ? Il a demandé. C'est ça, j'ai répondu, elle est morte quand j'avais deux ans.

Excuse-moi de t'avoir retuée, je ne sais pas ce qui m'a pris, c'était un peu pour me venger, il me forçait à raconter ma vie, alors que je ne voulais pas, il commençait à mélanger les choses, à mélanger les maths avec toute cette chape qui n'a rien à y voir, alors j'ai eu besoin de marquer les frontières, de garder quelque chose, juste pour moi. Et puis aussi, mais je n'en suis pas fière, je me disais que c'était plus intéressant, pour lui, une orpheline, que ça ferait mieux au tableau, j'avais envie d'avoir encore ce plaisir-là, celui de quand j'étais petite, qu'on me demandait où est ta maman, et que je répondais qu'elle était morte, mais à l'époque, je le croyais.

Il m'a demandé s'il pouvait m'aider, moi j'ai dit non, juste m'apprendre les maths, c'est ça qui m'aide, alors il a dit d'accord, mais qu'en échange, je devais lui promettre de réfléchir, de ne plus penser à autre chose pendant les interros.

Encore un qui veut qu'on promette, je me suis dit, mais en même temps je savais bien que ce n'était pas juste, lui il a cru faire pour le mieux, et ce qu'il m'a demandé de promettre, au fond, c'est seulement pour moi, aucun rapport avec papa.

37

Évidemment elle ne m'a pas loupée, rien n'échappe à sa méchanceté, pas plus tard que ce soir, comme ça faisait trois mercredis que je ne demandais pas à sortir, elle a dit à papa, on n'entend plus parler de cette Catherine, on dirait que ta fille a fini par s'en apercevoir, que c'était une mauvaise fréquentation, à moins que ce soit l'autre qui en ait eu assez de voir Mademoiselle faire la grimace. Parce que je ne sais pas si tu as remarqué, mais ta fille n'a aucune amie, personne ne l'invite jamais, remarque, je les comprends, parce que supporter cette tête d'enterrement… et ce n'est pas en se gavant de maths comme elle le fait que ça va s'arranger.

Sa langue sortait entre ses lèvres sèches, les humectait, se rétractait, j'ai eu envie, vraiment envie de la couper. Mais elle a continué, en parlant à papa, c'est dans ces moments-là qu'elle m'envoie les pires vacheries, ta fille est d'une banalité, c'est incroyable, figure-toi que Mademoiselle est amoureuse de son prof de maths.

Ils en avaient sûrement déjà parlé entre eux, parce que papa n'a pas eu l'air du tout surpris, pas même un peu vexé qu'on puisse supposer que j'aimais quelqu'un d'autre que lui ; c'est très classique, à l'âge bête, a ajouté la Vieille, toutes les adolescentes tombent amoureuses d'un prof, c'est bien connu, mais entre nous elle aurait pu choisir une matière plus humaine, les maths, ça ne la mènera pas loin, elle va finir par s'abrutir complètement avec ces chiffres... Heureusement, ça ne durera pas, c'est une passade, une lubie d'adolescente en plein âge bête.

J'ai pensé, si j'étais amoureuse, je n'aurais pas été gênée quand mon prof a voulu des confidences, je ne lui aurais pas menti, je lui aurais tout raconté, j'aurais voulu qu'il m'aide, je ne me serais pas méfiée. Donc je ne suis pas amoureuse, la Vieille se trompe, elle dit n'importe quoi, donc je m'en fiche.

Quand elle a eu fini sa tirade, qu'elle a passé sa langue entre ses dents, moi j'ai dit à papa, tu sais, en ce moment, ta mère me paraît perturbée, c'est très classique après la ménopause, elle voit des histoires d'amoureux partout, elle m'a l'air obsédée, il faudrait peut-être qu'elle voie un psychiatre.

Évidemment, ils m'ont ordonné de sortir de table, de filer dans ma chambre pour me coucher immédiatement, devoirs ou pas devoirs. Papa est venu prendre les ampoules, il a confisqué aussi ma radio, et il m'a enfermée à clé, en me donnant un pot de chambre comme si j'étais bébé. Moi je m'en fiche, dans ces cas-là, j'en mets toujours un petit peu à côté, pour que la Vieille nettoie, et pour le reste, je suis parée, sous la latte de plancher j'ai un stock de bougies, du chocolat, je mets du coton dans la serrure, mon polochon en bas de la porte, comme ça il n'y a rien qui filtre, je suis la reine du calfeutrage. Les soirs où ils m'enferment, je veille bien plus tard que d'habitude, le lendemain je dors un peu pendant les cours mais ça me fait comme une victoire morale.

N'empêche, Catherine me manque. D'habitude c'était à elle que je racontais ça, il y a bien Marie mais ça n'est pas pareil, elle a sa vie. Au lycée il y a deux ou trois filles, avec qui je parle un petit peu, mais elles ont toutes des vies tellement normales, elles ne peuvent pas être mon Amie, pour moi l'Amie c'était Catherine, quand je pense qu'on avait prévu qu'une fois majeures, on vivrait toutes les deux ensemble, on avait même déjà choisi la couleur du tissu qu'on tendrait sur les murs, pour le quartier on discutait, moi je voulais près de la Seine, elle disait que c'était trop cher, qu'on trouverait quelque chose d'autre qui irait bien, du moment qu'on verrait le ciel.

Peut-être que tu n'y es pour rien, n'empêche qu'il y a des moments où je t'en veux, je t'en veux de m'avoir fait ça, me mettre au monde et me laisser me débrouiller toute seule, ça n'est pas juste, ça ne se fait pas.

38

Je l'ai raconté à Marie, ce que la Vieille a dit à propos de mon prof de maths, Marie m'a dit qu'elle n'avait pas eu l'impression que j'étais amoureuse, que je semblais avoir simplement de l'estime pour lui, mais pas d'amour, elle a ajouté que c'était dommage, parce que c'était vraiment très agréable d'être amoureux, que jamais ça n'était banal, que pour en parler aussi méchamment, la Vieille n'avait sûrement jamais su ce que c'était.

Je ne suis pas vraiment à plaindre, Marie fait exactement ce que j'attends d'une mère et dont tu serais peut-être incapable. Si tu étais restée, si ça se trouve tu te serais mise avec eux, à tout salir pour te venger d'avoir raté ta vie.

Tu as peut-être eu raison de partir.

J'ai écrit une lettre à Catherine, je ne l'ai pas encore postée mais je crois que je vais le faire, après tout je ne risque rien. Si tout est fini dans sa tête, ça ne changera rien, mais si elle regrette même un peu ce qu'elle m'a fait, ou bien si elle a envie de renouer mais sans oser, ça peut l'aider.

On verra bien si elle me répondra.

Au lycée je me suis mise à discuter avec Sophie, une fille à qui j'explique des trucs de temps en temps, surtout en maths, j'aime bien expliquer et elle comprend très vite, simplement elle n'a pas les bases, jusqu'en troisième elle avait un blocage, elle ne s'en sortait qu'en copiant. Mais là, avec ce prof, elle a envie de tout comprendre, alors pendant les heures d'étude je lui refais le cours, en remontant aussi loin qu'il le faut jusqu'à ce qu'elle attrape le fil, après elle le renroule à toute vitesse, quand elle a compris quelque chose, on n'a plus besoin de revenir dessus.

Sophie m'a invitée chez elle, je n'ai pas encore accepté, c'est la perspective de demander à la Vieille, subir son interrogatoire sur la moralité de la jeune fille, la laisser téléphoner à ses parents, c'est très désagréable, je passe pour une idiote avant même que les gens m'aient vue.

39

Tous les samedis matin, je vais dans le petit local, le prof me donne des exercices un peu plus difficiles à chaque fois, il y en a que je n'arrive pas à terminer dans les deux heures, je les prends avec moi et j'y pense pendant le week-end, ça m'aide à le passer quand Marie n'a pas besoin de moi. En ce moment elle a sa mère chez elle, une vieille dame très gentille mais je me sens de trop, alors je reste à la maison, en plus je me suis aperçue que ça embêtait beaucoup la Vieille, visiblement elle s'y était faite, à mon absence. Je ne sais pas ce qu'elle a l'habitude de faire que ma présence empêche, mais c'est amusant de l'entendre demander à papa, tu es sûr que Marie a dit qu'elle n'avait pas besoin d'elle, elle ne passe pas du tout sa langue entre ses dents, je suis ravie. Elle me propose même de sortir, elle me dit va donc prendre l'air, va donc au parc, mais moi je dis c'est impossible j'ai du travail, je ne peux pas sortir, à ça elle ne peut rien répondre. Elle va bientôt être mûre pour me laisser aller chez Sophie.

40

Catherine m'a répondu, elle dit que ma lettre a touché juste, à un point que je ne peux pas imaginer, elle propose qu'on se voie mercredi prochain. Je devais aller chez Sophie, j'avais fini par demander et la Vieille avait accepté. Je vais appeler Catherine, lui proposer le mercredi qui suit.

Il y a un exercice que le prof m'a donné samedi dernier, je n'arrive pas à le résoudre et ça m'énerve, je suis pourtant bien sûre qu'il y a un moyen, au moins de montrer qu'on ne peut pas répondre à la question, ça fait quatre soirées que je passe dessus, sans compter toutes les heures de cours où j'ai pensé à ça. J'ai l'impression que c'est très important, que je trouve la réponse, qu'il y a quelque chose en jeu, une chance qu'il ne faut pas laisser passer. En tout cas ça m'énerve, il y a déjà assez de problèmes impossibles à résoudre dans ma vraie vie, bien des mystères dont je n'ai pas la clé, alors celui-là, il faut que j'y arrive. En plus le prof a eu un drôle de petit sourire, lundi, quand j'ai dû avouer que je n'avais pas pu trouver, il m'a dit qu'il s'en doutait bien, d'arrêter de chercher, et il m'a donné un autre problème, bien plus facile, le genre qu'on résout en une heure, ça m'a vexée, comme s'il pensait que tout ce que je voulais c'était avoir l'illusion d'être bonne, alors que moi, je me cramponne, il n'y a qu'à voir, je suis toujours bien décidée à te trouver, pourtant je ne sais pas comment m'y prendre.

41

J'ai trouvé ce qu'elle fait tous les dimanches après-midi, la raison pour laquelle elle avait tellement envie de me voir débarrasser le plancher, c'est trop drôle, j'en ris encore !

Cet après-midi, j'avais décidé d'aller me promener : je bloque toujours sur ce problème que mon prof m'a donné, je me disais qu'un peu de marche pourrait m'aider à avancer. Je suis sortie, j'ai fait le tour du pâté de maisons, et puis, ce n'était pas prémédité, je me suis aperçue que j'avais oublié de prendre un papier, un crayon, enfin de quoi noter, au cas où j'aurais brusquement une illumination. Comme je n'étais vraiment pas loin, qu'en plus le soleil tapait fort, j'avais trop chaud, j'ai décidé de repasser à la maison.

Je m'en suis souvenue au moment d'entrer dans l'ascenseur. Alors je suis montée par l'escalier, sur la pointe des pieds, en faisant attention de ne pas faire grincer les marches, j'ai mis la clé tout doucement dans la serrure, je suis entrée à pas de loup. Et là, j'ai vu.

La Vieille était assise dans le salon. Devant elle, dans la théière des invités, il y avait du thé chaud ; sur une petite assiette de porcelaine, une de celles qu'on ne sort que quand il y a des gens, des tas de petits-fours – ceux qui sont mauvais pour son ventre –, elle avait mis de la musique sur la chaîne de papa, des chansons de quand elle était jeune, elle s'empiffrait en chantonnant, tellement absorbée qu'elle ne m'a même pas vue passer.

J'ai eu envie d'entrer dans le salon en faisant " bouh ", histoire de lui flanquer une attaque, mais j'ai décidé que ce serait plus drôle d'appliquer sa méthode, l'usure psychologique.

Je suis allée dans ma chambre le plus silencieusement possible, j'ai pris du papier, posé mon pull, et je suis ressortie sans qu'elle ait pu s'apercevoir de rien. Je suis allée me promener sans arriver à me concentrer sur mon problème, je trouvais ça trop drôle, alors j'ai appelé Marie pour lui raconter cette histoire.

Je suis rentrée à l'heure pour le repas du soir, et là, une fois à table, j'ai demandé à papa comment ça s'appelait, les gâteaux ou les tartelettes qui sont comme des grands, sauf qu'ils sont tout petits. J'ai fait exprès de prendre une voix gentille, il a eu l'air surpris, ça fait longtemps que je ne lui adresse plus la parole, il a dû se dire ça y est, la crise d'adolescence est terminée. Il m'a donc répondu, des petits-fours, tu ne t'en souviens pas ? Voilà, j'ai dit, c'est justement le mot que je cherchais, je n'arrivais plus à le retrouver, je ne sais pas pourquoi. J'ai vu la Vieille qui se crispait un peu, j'ai suivi ses pensées le long de ses neurones, d'abord de l'inquiétude, ensuite le raisonnement, ça doit être une coïncidence, le soulagement, un petit brin de contentement, en se rappelant de l'après-midi, puis à nouveau l'indifférence, le calme plat. J'ai attendu un peu, qu'il soit encore plus plat, et puis j'ai dit, toujours avec ma voix gentille, papa, est-ce que tu pourrais m'expliquer pourquoi la gourmandise c'est un péché ?

Ça a marché encore mieux que je ne pensais, papa m'a dit ce genre de questions-là, il vaut mieux les poser à ta grand-mère, je ne m'y connais pas assez en religion. Il s'imaginait que c'était la fin de la guerre, qu'on signait l'armistice, il voulait que la Vieille y participe. Elle a eu l'air bien embêté, elle a dit à papa voyons, tu vois bien que cette gamine se moque de nous, alors – ça faisait bien un ou deux ans que je ne l'avais pas vu la contredire à mon sujet – alors papa a dit je ne pense pas, j'ai l'impression qu'elle se pose vraiment des questions, de toute façon ça ne peut pas lui faire de mal qu'on lui réponde.

Elle était mal à l'aise, la coïncidence devenait trop grosse, elle a commencé d'une voix mécanique à réciter, il faut se nourrir simplement pour rester en vie, on ne doit pas y prendre de plaisir, nous ne sommes pas sur terre pour profiter de nos sens mais pour élever nos âmes. D'accord, j'ai dit, mais de manger des choses vraiment bonnes – comme par exemple, des petits-fours – peut-être que ça peut nous aider à élever notre âme, tu ne crois pas ?

Elle m'a répondu sèchement pour élever la tienne, il en faudrait bien plus, ma pauvre fille.

J'ai regardé papa, l'air de lui dire, tu vois, je fais ce que je peux, puis, conciliante, j'ai dit bon, bon, je veux bien changer de sujet, est-ce que la musique, par exemple, écouter de la musique, est-ce que c'est un péché ?

Certainement pas, a-t-elle répondu, la musique c'est la voix de l'âme.

Mais pourtant, j'ai dit, il y a des gens à qui une bonne musique peut également apporter du plaisir, je ne vois pas la différence avec les petits-fours, d'autant plus qu'on peut faire les deux en même temps.

Elle s'est tue, m'a dit de m'occuper de ce qui était dans mon assiette, mais je sentais dans son regard quelque chose qui la torturait, sans être encore une certitude, le doute montait progressivement, moi je m'amusais bien et papa n'y comprenait rien.

Je suis sûre que cette nuit, elle va avoir très mal au ventre.

42

Catherine a passé une sale période, elle m'a tout raconté, j'espère que maintenant c'est bien fini, en tout cas à côté mes petits états d'âme sont ridicules. Elle a quand même tenu à s'excuser. Ce qu'elle m'a expliqué, Marie l'avait bien deviné : elle se sentait un peu minable de réagir comme elle faisait dans ce café, dans sa tête, elle m'entendait commenter chacune de ses actions, c'est devenu insupportable, c'est pour ça qu'elle a fait ce qu'elle a fait. Elle m'a dit quand je t'ai vue partir, les larmes aux yeux, d'abord j'étais contente, je me sentais vengée, tu m'avais fait du mal, à la maison, en me parlant des maths, pour bien me faire sentir tout ce que je loupais, dans ma section technique, mais ensuite j'ai eu de la peine, surtout quand un des types qui était là a commencé à te critiquer, j'ai dit c'est ma meilleure amie, des saloperies à son sujet il n'y a que moi qui peux en dire.

Mais ce n'était pas ça, sa sale période. Catherine m'a expliqué qu'en arrivant dans ce lycée, elle avait essayé de s'intégrer, de faire partie d'un groupe, mais la plupart se connaissaient depuis la sixième, ils étaient ensemble dans des classes-poubelle, le genre de classe dont on ne sort pas. Ils la regardaient d'un sale air, pour eux c'était la petite bourge, le genre fille à papa qui s'était trouvée là parce qu'elle était idiote. Elle n'avait pas les manières qu'il fallait. Alors elle avait observé, compris qui était le chef de la bande, c'était l'apollon aux anneaux dans les oreilles, le premier qu'on avait vu dans le café. Catherine est jolie, elle sait comment s'y prendre, pour séduire un garçon. Donc de fil en aiguille, en riant chaque fois qu'il disait une bêtise, en lui lançant de grands regards admiratifs, elle est entrée dans ses bonnes grâces. Lui, il a voulu aller plus loin. Catherine ne s'est pas dégonflée, elle m'a expliqué, lui ou un autre, ça n'était pas si important, je me disais, dans ce lycée, toutes les filles l'ont déjà fait au moins une fois, je ne peux pas rester comme ça et me faire accepter, alors j'ai dit d'accord, mais il faut d'abord que je prenne la pilule. Mais l'apollon a dit ne t'occupe pas de ça, je suis capable de me contrôler, c'est l'enfance de l'art, et elle l'a laissé faire.

Elle a fait le test tout de suite, dès qu'elle a eu un doute, quand elle a vu le cercle qui se formait, elle a eu la peur de sa vie ; impossible pour elle de garder l'enfant, personne à qui parler, elle ne savait vraiment plus quoi faire. Elle est allée le voir, celui qui savait si bien se retenir, mais il a dit que ce n'était pas lui, qu'elle avait dû le faire avec un autre.

Minable. Le seul qui l'a aidée, c'est le petit, celui qui jouait au vrai dur, qui m'avait appelée poupée, qui voulait m'embrasser. Un jour, il l'a vue avoir la nausée, il a compris, il lui a dit il faut faire quelque chose tout de suite, après plus on attend plus ça devient dur, il l'a accompagnée au Planning familial, il connaissait la doctoresse, ça n'était pas la première fois qu'il accompagnait une fille qui avait eu le tort de faire confiance à son copain. Il lui a fait le mot d'excuse en imitant la signature de sa mère pour le jour où ils ont fait l'aspiration, et il est venu la chercher pour la raccompagner chez elle. Catherine pleurait en racontant, c'est vrai que ce petit, il n'avait l'air de rien, pourtant il est bien au-dessus de tous les autres.

Maintenant elle regrette, elle dit qu'elle a assassiné un être humain, je lui ai dit que j'aurais fait pareil, on ne peut pas imposer ça à un enfant, je lui ai dit qu'elle était bien trop jeune, et puis ce type est bien trop nul. Peut-être, disait Catherine, mais on n'en est pas sûrs, il aurait peut-être été heureux, alors je lui ai dit écoute, si tu veux à tout prix te torturer, maintenant que c'est fait, je ne t'en empêche pas. Elle a souri, elle a dit que j'avais raison, que ça ne servait plus à rien. Elle a ajouté qu'elle avait vraiment fait des bêtises, ces derniers mois, mais qu'elle avait appris des choses, que maintenant elle s'en fichait si ceux de sa classe la prenaient pour une fille à papa, qu'elle ne ferait jamais plus rien pour se faire admettre dans un groupe.

Je me sens ridicule, avec mes petits problèmes, Catherine a vécu des choses mille fois pires, et elle ne se plaint pas. Je vis dans un monde qui n'a rien à voir, un monde où le péché, c'est de manger des petits-fours, où ce qui est important, c'est de savoir si oui ou non je suis amoureuse de mon prof de maths, ou si je trouverai cette foutue démonstration.

Peut-être que ce qui compte, ce n'est pas ce qu'on vit, mais la manière dont on le vit ?

Tu vois, c'est la sagesse.

43

Je me demande si finalement la Vieille n'a pas un peu raison, quand elle dit que je suis amoureuse de mon prof de maths. Depuis un mois, Sophie vient avec moi, tous les samedis, pour avoir elle aussi son cours particulier, et j'ai vraiment du mal à supporter de n'être plus la seule à qui il s'intéresse pendant ce temps. En plus Sophie progresse très vite, elle n'a quasiment plus besoin de moi, je me sens inutile, et du coup j'ai envie d'arrêter de la fréquenter. Je sais que c'est idiot, mesquin, mais c'est plus fort que moi, comme si elle me prenait ma place, alors qu'elle n'en a pas besoin autant que moi, j'ai vu sa mère, elle est bien avec elle, Sophie n'a personne à chercher, les maths pour elle c'est superflu.

Ce que je viens d'écrire est complètement idiot, je m'en rends compte, en fait je suis toute remuée parce que la nuit dernière, j'ai rêvé que c'était Sophie qui trouvait le problème, celui que le prof m'a donné, que je n'ai toujours pas réussi à résoudre, depuis six mois. La dernière fois, j'ai dit je donne ma langue au chat, expliquez-moi la solution, mais il m'a répondu je voudrais bien, ça fait deux ans que je la cherche, j'en aurais besoin pour ma thèse, si ça se trouve il n'y a pas de solution.

Il m'a expliqué que c'était différent, quand on fait une thèse, il y a des problèmes qu'on se pose mais sans savoir si on peut les résoudre, alors que bien sûr au lycée, si on te donne un exercice, c'est qu'il existe un corrigé.

Donc dans mon rêve, c'était Sophie qui la trouvait, la solution, le prof disait qu'il allait la pousser, qu'il fallait qu'elle passe dans la meilleure première, et moi je restais dans mon coin, ils ne me voyaient plus ni l'un ni l'autre.

Je suis injuste avec Sophie, dès qu'il y a une occasion, elle dit au prof que c'est moi qui lui ai expliqué ce théorème, elle fait tout ce qu'il faut pour qu'il ne m'oublie pas, mais ça me vexe, je ne veux pas lui devoir quelque chose.

Autrement dit je suis bouffie d'orgueil. Peut-être qu'au fond, c'est à la Vieille que je ressemble.

De toute façon qu'est-ce que ça peut te faire, que je sois ci ou ça ? Tu ne me connais pas, pour toi c'est comme si je n'existais pas. Je me demande s'il t'arrive, de temps en temps, d'avoir une petite pensée pour moi, un reste de remords, un rêve qui te laisserait en sueur, la nuit, avec le sentiment d'avoir oublié quelque chose, quelque chose d'important, quelque chose de vital, je me demande si ça t'arrive, ne serait-ce qu'une fois par an.

Catherine s'est remise à travailler beaucoup, elle passe ses week-ends à réviser, à aider son copain, le petit dur, à se remettre à flot aussi, la dernière fois qu'elle m'a téléphoné, elle était toute contente, parce qu'elle était première en maths et en français, sa prof principale lui a dit que si elle continuait, elle pourrait repasser dans l'enseignement général, que son année en LEP aurait juste été un petit accident de parcours. Elle refusera si on ne le propose pas aussi au petit dur, je ne pense pas que ce soit de l'amour, entre eux, mais c'est vraiment très fort.

Comme tout arrive toujours en même temps, la mère de Catherine a commencé une cure de désintoxication ; c'est drôle pourtant elle n'a pas su, ce qui est arrivé, mais on dirait qu'elle l'a senti, qu'elle s'est aperçue que si elle descendait plus bas, c'était toute sa famille qui sombrait avec elle, alors elle s'est reprise en mains, ça fait plaisir à voir, elle n'est pas encore sûre de ne pas replonger, mais elle se met à ressembler à nouveau à ce qu'elle était.

44

La Vieille a demandé un rendez-vous à mon prof de maths. C'est vraiment une salope, une triple ordure, je suis sûre que c'est pour se venger du coup des petits-fours, et puis elle ne supportait pas de voir que j'aimais quelque chose.

Quand je pense à ce qu'elle va aller lui raconter, j'en ai des sueurs froides, elle sait tellement bien jouer la comédie, quand elle en a envie, jamais on ne croirait qu'elle peut être comme elle est, elle va lui servir le numéro de la grand-mère modèle, qui s'est sacrifiée pour une orpheline, et qui voit bien qu'il y a quelque chose de malsain dans la manière dont celle-ci s'intéresse aux mathématiques, chacun connaît ces phénomènes, courants chez les adolescentes, ce genre de chose n'est jamais constructif, aussitôt que le professeur s'en va, elles se désintéressent de la matière, il y a des professeurs qui l'encouragent mais d'autres qui savent y mettre le holà, je l'entends comme si j'y étais, ça me rend folle, je l'étranglerais.

J'ai pensé prévenir mon prof, ç'aurait été la meilleure solution, ç'aurait permis de désamorcer, même si d'habitude, les profs ont tendance à croire les adultes. Mais je n'ai pas osé. J'ai hérité d'une lâcheté abominable. J'ai bien failli le faire, deux fois je suis restée après le cours, pour lui parler, mais au moment de dire les mots, ça ne sortait pas, je ne vais quand même pas lui écrire, c'est ridicule, ça me met hors de moi, des coups comme ça, c'est presque aussi horrible que la fois où elle avait trouvé mon cahier, sauf que je m'en suis aperçue après, là c'est comme si elle m'avait dit, j'ai trouvé ton cahier, je ne l'ai pas encore ouvert, je vais faire ça demain, je prendrai tout mon temps, je corrigerai tes fautes.

C'est vraiment bête qu'elle n'ait pas d'autre chien.

45

Aujourd'hui je ne suis ni chez la Vieille ni chez Marie, je suis dans une pièce dont tous les murs sont couverts de bibliothèques, à part le coin où il y a la télé, plus tard j'aimerais bien vivre dans un endroit comme ça, c'est chaud, on se sent rassuré, avec tous ces livres rangés autour de soi.

En fait je suis baby-sitter, mais je ne garde pas n'importe quel bébé, je garde celui de mon prof ! C'est tout ce que la Vieille a récolté ! Elle lui a fait à peu près le discours que j'avais imaginé, il me l'a répété, en me disant qu'elle avait l'air vraiment sonnée, cette grand-mère, qu'il se demandait comment je faisais pour être restée à peu près normale (là j'ai ri avec lui). Quand elle a commencé à lui débiter ses histoires d'étudiantes amoureuses de leurs profs, et de profs qui entretiennent ça, il l'a pris très intelligemment, il a dit vous savez, je ne peux pas toujours me rendre compte de tout, votre petite-fille est une élève brillante, c'est tout ce que j'ai pu constater, mais vous voyez sûrement les choses mieux que moi, je vais faire tout mon possible pour qu'elle ne se fasse aucune illusion. Tenez, a-t-il ajouté, comme pris d'une illumination, vous savez que je suis marié, et que j'ai le plaisir d'être papa. Si vous en étiez d'accord, je demanderais à votre petite-fille de venir garder mon fils un soir ou deux. Elle rencontrera mon épouse, et toute ambiguïté sera levée.

La Vieille n'a pas pu faire autrement que d'accepter.

Mon prof m'a dit que je n'étais pas obligée, mais que ça l'avait amusé, en plus il cherchait vraiment une baby-sitter, il s'est dit que je ne serais peut-être pas mécontente d'avoir un peu d'argent de poche, et d'échapper à ma grand-mère par la même occasion. Moi tu penses si je suis aux anges !

Je ne dois pas être amoureuse de lui, j'ai vu sa femme, je l'ai trouvée très bien, ça ne m'a pas du tout gênée. Il faut dire qu'elle ne m'a fait que des compliments, elle m'a dit qu'il lui avait beaucoup parlé de moi, que j'allais probablement être un grand nom dans l'histoire des mathématiques, qu'elle était flattée que j'accepte de venir chez elle pour garder son bébé, qu'elle espérait qu'un peu de mon génie rejaillirait sur lui, enfin on a bien ri toutes les deux. C'est la meilleure farce faite à la Vieille depuis celles qu'on inventait pour la sorcière avec papa. En plus ça va me faire des sous que je dépenserai comme je voudrai, et si ça continue, je pourrai voir mon prof même l'année prochaine, quand il sera muté dans un collège de banlieue, comme ça arrive toujours aux profs, même les meilleurs, quand ils sont jeunes. Il dit qu'il y a beaucoup à faire dans les collèges de banlieue, que des cas comme Sophie, qui se débloquent en seconde, c'est l'exception, l'idéal, c'est de s'en occuper plus tôt, quand ils entrent au collège. D'après lui tout le monde peut être bon en maths, et je suis sûre qu'il a raison.

46

Je l'ai trouvée ! Si je m'écoutais, je me ferais couler un bain pour le plaisir de jouer à Archimède ! Tout à l'heure en rentrant de mon baby-sitting, mon prof m'avait donné l'argent pour un taxi, j'ai préféré rentrer à pied, j'étais sur un petit nuage, je serrais les billets comme si ça avait été un gri-gri, et tout d'un coup, je me suis dit que je tenais la solution. J'ai couru jusqu'à la maison, la Vieille était couchée mais papa m'attendait, il avait l'air un peu inquiet, du coup j'ai oublié de lui tirer la gueule, puis je suis allée dans ma chambre et j'ai mis mon idée sur le papier, il y avait encore un petit quelque chose qui clochait, mais j'avais vu un problème analogue dans un des livres chez mon prof. Il était trois heures du matin quand j'ai fini, mais elle est là, sur le papier, toute la démonstration. La seule chose qui m'ennuie c'est que je vais devoir attendre demain pour lui donner.

Je ferais mieux d'aller au lit mais je ne peux pas m'empêcher de la relire, je me demande si on ne peut pas un peu l'améliorer, pour l'instant elle n'est pas très belle, on passe par trop de détours pour arriver au but, ce n'est pas encore assez simple, pas assez élégant.

Peut-être qu'il y aura un jour un théorème qui portera mon nom, enfin nos noms, puisque je laisse toujours le tien bien accroché au mien, ce jour-là tu seras bien obligée de te rappeler de moi, si tu fais toujours des mathématiques.

Demain, c'est samedi, c'est la première fois que je vais à une boum, c'est arrangé avec Marie, bien sûr on ne dira rien à la Vieille, la seule chose qu'elle a demandée, c'est que je sois rentrée chez elle avant deux heures. C'est Sophie qui fête son anniversaire, ça ne sera pas vraiment une boum, juste une fête à dix ou douze, avec de la musique pour ceux qui veulent, n'empêche que ça me fait tout drôle.

47

Ce matin je lui ai montré, j'avais tout recopié, j'ai refait ça trois fois pour que ça soit plus beau, il a passé les deux heures à s'occuper de moi, à refaire les calculs en disant mais c'est vrai, tu as trouvé, c'est formidable. Il restait une petite erreur, mais on l'a corrigée ensemble. Sophie n'était pas là, elle est restée chez elle pour préparer sa fête, d'ailleurs je ne vais pas tarder à partir chez Marie, si je veux avoir un peu de temps pour lui parler, voir les enfants, lui raconter mes dernières aventures avant de partir chez Sophie.

Il a dit que ça méritait d'être publié, il m'a proposé de rédiger l'article, et puis de le signer de nos deux noms, tu imagines la gloire, je vais être publiée dans une revue, avec mon nom juste à côté de celui de mon prof, enfin je ne m'emballe pas trop vite, pour ce genre de chose, il y a un comité de lecture, ça n'est pas sûr que l'article soit accepté, en tout cas il m'a dit que je pouvais venir chez lui quand je voulais, emporter tous les livres que je voulais, mais moi je n'en suis pas si loin, j'ai encore besoin qu'il m'explique, qu'il me guide, ça n'est pas parce que j'ai trouvé quelque chose une fois, en y mettant le temps, et presque par hasard en marchant dans la rue que je vais révolutionner les mathématiques, comme dirait sa femme ! N'empêche, pour une gamine pétrie d'orgueil, en pleine crise d'adolescence, c'est vraiment agréable. Et puis j'espère, j'espère que tu liras l'article, si je pouvais te retrouver du même coup, ce serait merveilleux. Ce qui est triste, c'est qu'il n'y ait personne qui puisse comprendre à part mon prof, ni Catherine ni Sophie, et encore moins Marie. Toi tu pourrais, mais toi, tu n'es pas là.

48

La fièvre est un peu retombée, finalement ça n'avait pas grand-chose de si extraordinaire, de trouver ça, je crois que j'ai eu de la chance, tout simplement.

Aujourd'hui c'était le dernier samedi, je suis allée dans la petite salle pour la dernière fois, il m'avait préparé tout un tas de problèmes pour que j'y réfléchisse pendant l'été, il m'a même donné son adresse à la campagne, au cas où j'aurais quelque chose à lui demander. Malgré tout c'était triste, c'était une dernière fois, je me sentais en décalage avec les autres, ils étaient tous ravis que ce soient les vacances, moi j'avais une boule dans la gorge, comme des larmes qui seraient rentrées, et elle revient dès que je pense qu'il va falloir passer deux mois sans ça, et même plus, toute la vie, les choses ne se refont jamais. Ce qui me console, c'est qu'il m'a dit que ça tenait toujours pour le baby-sitting, qu'il pensait qu'une fois par semaine ce serait un bon rythme, et puis aussi je passe dans la meilleure première, avec Sophie, je ne suis plus du tout jalouse, au contraire, je suis contente, maintenant on travaille ensemble, sans que ce soit forcément moi qui trouve tout en premier.

Catherine va arriver dans le lycée, le petit dur aussi mais dans une autre classe, il paraît qu'ils le font exprès, soi-disant pour les aider à s'intégrer, c'est ridicule, ça ne pourrait leur faire que du bien d'être dans la même classe, ils ne tiennent aucun compte des cas particuliers. Au moins, je pourrai voir Catherine certains midis, je pourrai les aider, le petit dur et elle. La mère de Catherine a l'air sortie d'affaire, d'après Catherine il semblerait même qu'elle ait un copain, j'espère qu'il ne partira pas d'ici quelques années à cause d'une étudiante.

Pour les vacances, c'est juillet qui va être dur, Marie part en août cette année, je vais rester un mois coincée à la maison avant qu'elle m'emmène à la mer, ce sera la troisième année.

49

Comme je m'ennuyais trop, depuis trois jours, je suis allée rôder près de l'endroit où habite la vieille à la lavande. La bibliothèque n'est pas très loin, j'ai le prétexte tout trouvé. Et cet après-midi, je l'ai rencontrée " par hasard ", comme elle sortait pour faire les courses. Je lui ai proposé de l'accompagner, disant que j'avais tout mon temps, que je pourrais lui porter ses paquets. On a donc fait ses courses, ça ne mange pas grand-chose, une vieille, à part des sucreries, la gourmandise est un péché de vieux, je lui ai monté ses paquets, et bien sûr elle m'a proposé d'entrer pour manger un gâteau.

J'en ai mangé une dizaine, en sirotant le thé qu'elle avait préparé, et puis j'y suis allée, je lui ai dit voilà, je sais que ma mère n'est pas morte, je n'ai aucun moyen de la trouver, alors je me suis dit que vous pourriez m'aider.

Elle n'a pas eu l'air étonnée. Elle m'a dit ma pauvre petite, c'est une triste histoire. Je peux te dire deux choses.

D'abord, tu ne dois pas écouter ta grand-mère, si elle t'en parle elle dit forcément des mensonges, parce qu'elle ne l'aimait pas. Ensuite, il ne faut pas que tu la cherches. Si elle veut te trouver elle connaît ton adresse, si elle ne l'a pas fait, il faut que tu l'acceptes. On ne sait pas ce que la vie réserve, peut-être que toi aussi, un jour, tu voudras t'en aller, très loin, et ce jour-là, tout le monde devra respecter ta volonté.

J'avais les larmes aux yeux, j'ai dit au moins, si quelqu'un pouvait m'expliquer, comment ça s'est passé, pourquoi elle est partie, je comprendrais, mais là, on ne me dit rien, on m'avait même fait croire qu'elle était morte, il y a des gens qui savent et qui se taisent, des gens moins concernés que moi.

Elle s'est sentie visée et elle avait raison. Elle est venue vers moi, a passé sa main toute ridée sur mon visage pour essuyer mes larmes, j'ai senti l'odeur de lavande un peu plus forte, puis elle m'a dit je ne sais rien de plus que toi. Les seuls qui sachent vraiment comment les choses se sont passées, c'est ton père et ta mère. Ton père ne t'a rien dit. Il a sûrement pensé bien faire. Quant à ta mère, tu dois lui faire confiance.

Elle a fait de son mieux, la vieille à la lavande, je comprends son point de vue, mais franchement, ça m'a fait à peu près le même effet que quand mon prof de maths voulait que j'arrête de chercher son exercice, parce que c'était trop dur pour moi. Ça m'a vexée.

Remarque, pour l'exercice, je n'ai pas arrêté.

50

Sa dernière invention, c'est de me faire aller chez le coiffeur. Ce qui est surprenant, c'est qu'elle n'y ait pas pensé plus tôt, c'est pourtant bien dans la ligne de sa panoplie sadique, mais non, il a fallu attendre les grandes chaleurs de cet été pour qu'elle y pense, ces cheveux longs ça fait désordre, ça te tient bien trop chaud et puis tu es déjà suffisamment négligée comme ça, on va couper tout ça, tu seras bien plus propre après.

Si elle pouvait, elle me mettrait du vitriol sur la figure, pour que ça fasse plus net.

Elle a déjà choisi le bourreau, c'est un coiffeur affreux, une minuscule échoppe complètement ringarde, sur la vitrine il y a marqué " Messieurs – Fillettes ", pour m'humilier. De toute façon, je veux garder mes cheveux longs, je suis capable de faire une crise d'hystérie dans la boutique, surtout si la Vieille m'accompagne, lui coller la honte de sa vie, la bave au coin des lèvres, les hurlements et tout et tout.

Remarque, en y pensant, dans cette histoire, je pourrais avoir un allié. Papa préfère les cheveux longs. On a beau être en crise, je suis quand même sa fille, Marie m'a dit que devant les collègues, il fait toujours le fier en vantant mes mérites, il y a toujours ma photo qui trône sur son bureau. Il se débrouille pour en avoir une qui soit réussie, de mon côté, je fais tout mon possible pour avoir l'air horrible quand il sort l'appareil, la dernière fois, il a triché, il a demandé à Marie une photo de vacances, j'ai failli me fâcher mais elle m'a dit écoute, montrer à ses collègues que sa fille est jolie, tu ne peux pas lui refuser, ce coup-là je le prends sur moi. Alors j'ai accepté.

Sur cette photo, justement, j'ai les cheveux défaits, ils m'arrivent à la taille et comme il y a un peu de vent, ça fait très star, cheveux au vent, partant à la conquête du monde.

Il va falloir jouer serré, mais c'est la meilleure solution. La plus drôle également, ça va souvent ensemble.

51

J'aimerais bien qu'il y ait une méthode, pour te trouver, comme il y en a pour démontrer les théorèmes. Peut-être qu'il y en a une, mais je ne la connais pas.

Quand je ne me réfugie pas dans mes chères maths, comme dit la Vieille, je passe mon temps à écrire ton nom sur du papier. Je me demande ce que ça fait, d'avoir ton nom. Il y a beaucoup de choses dont je n'ai pas idée, celle-là par exemple : qu'est-ce que ça fait d'abandonner sa fille ? Ça fait quel effet de se dire, il y a quelque part quelqu'un, qui était dans mon ventre, il y a quinze ans et demi, quelqu'un qui vit, qui pense, qui parle, qui ne me connaît pas ? Est-ce qu'au moins tu y penses, ou bien est-ce que tu m'as complètement oubliée, évacuée de ta mémoire, au point que plus jamais tu ne penses à ta fille, sauf peut-être de temps en temps, la nuit, quand il fait chaud, qu'on n'arrive pas à s'endormir, ou peut-être quand tu rêves, est-ce que tu rêves de moi ? Tu me reconnaîtrais, si on se croisait dans la rue ? Tu crois que ça existe, la voix du sang ? Si elle existe, elle ne doit pas être très forte, parce que si je ne les connaissais pas, jamais je ne reconnaîtrais la Vieille, ou même papa.

J'arrête, sinon, je vais me retrouver encore plus triste après t'avoir écrit qu'avant. Je vais plutôt essayer de peaufiner ma stratégie, pour garder mes cheveux. Une victoire minuscule, mais la vie c'est du minuscule qui se greffe sur de l'insignifiant, et malgré tout ça fait un sens, au bout du compte. Enfin je crois.

52

J'ai attendu samedi soir, l'heure où la Vieille va rejoindre ses grenouilles de bénitier. Papa était dans le salon, à écouter de la musique comme il fait d'habitude. Je suis allée le voir, il a été surpris, comme l'autre jour pour le péché de gourmandise, il doit penser que l'armistice approche, je lui ai demandé si je pouvais m'asseoir pour écouter un peu, histoire de le mettre de bonne humeur, et puis au bout d'un bon quart d'heure, j'ai dit et si je me coupais les cheveux ? avec cet air très innocent, dont s'il était un peu moins bête, il se méfierait parce qu'il cache toujours une entourloupe. Couper tes cheveux ? Quelle drôle d'idée ! C'est très joli, les cheveux longs, et ça te va très bien. J'ai dit ah bon, moi je pensais que ça ferait plus net, les cheveux courts, très courts, peut-être en brosse… Alors il s'est presque énervé, qu'est-ce que c'est que cette lubie, je t'interdis de toucher à tes cheveux, tu imagines le temps qu'il a fallu pour qu'ils arrivent à cette longueur, c'est bien simple, je te l'interdis formellement, je ne veux pas que tu y touches.

J'ai pris vite fait mon air buté, tu n'as aucun droit de m'interdire quoi que ce soit, c'est mes cheveux et j'en ferai ce que je veux, et j'ai quitté la pièce, en claquant bien la porte pour l'énerver encore plus. Il restait vingt minutes avant le retour de la Vieille, le temps qu'il gamberge suffisamment pour avoir besoin d'en parler. Je suis retournée dans ma chambre et j'ai attendu patiemment, en jouant avec mes longues mèches.

Quand la Vieille est rentrée, qu'il lui a raconté, il avait l'air tellement furieux qu'elle n'a rien osé dire. En même temps, dans son affreux cerveau de Vieille, elle se disait, si cette sale môme en a envie, je ne vois pas pourquoi je lui paierais, donc elle a dit ne t'en fais pas, je vais lui interdire aussi, elle n'osera pas nous braver tous les deux, cette petite garce, elle est très forte avec les mots mais quand il faut passer aux actes, elle se dégonfle.

Elle m'a toujours sous-estimée.

53

Me voilà pour un mois avec Marie, j'ai emmené tous mes livres de maths, en fait je n'ai rien fait le mois dernier, rien fait de la journée à part rêvasser dans mon coin. Je ne rêve plus qu'on se rencontre dans la rue, maintenant je suis sûre qu'on ne se reconnaîtrait pas, non j'imagine que je me suis mariée, j'ai des enfants, une vie un peu comme a Marie, et toi tu viens me voir, ta chance a fini par tourner pour une raison ou pour une autre, ça dépend de mes rêves, et tu t'aperçois que ce que tu regrettes le plus, c'est de m'avoir abandonnée. Alors, selon les cas, je te tombe dans les bras en disant que rien n'est perdu, ou bien je te jette dehors, en te donnant quand même mon cahier à lire, pour que tu t'aperçoives bien du gâchis que tu as fait.

C'est vrai que j'ai passé un mois sans ouvrir un livre de maths, c'est de ne plus revoir mon prof avant au plus tôt la rentrée, ça m'a cassée dans mon élan, et puis la dernière fois que je l'ai vu, il souriait, il plaisantait, comme si tout était bien, alors que moi j'avais ma boule de larmes serrée au fond de la gorge, en plus il ne m'a plus parlé de cette histoire d'article, si c'était une idée en l'air, je trouve que ce n'est pas sympa, moi j'ai espéré pour de bon, j'ai même rêvé que tu me retrouvais grâce à ça.

Ici, Marie s'attend tellement à ce que je travaille, je ne veux pas la décevoir.

Il y a une chose qui me tracasse, maintenant j'ai presque seize ans, et je n'ai toujours pas embrassé de garçon, fait l'amour encore moins, ça ne doit pas être normal, il n'y a pas eu une seule fois où un garçon m'a demandé de l'embrasser – évidemment, je ne compte pas le petit dur dans le café.

Marie a rencontré Pierre à vingt ans, mais elle m'a expliqué qu'avant, elle avait eu plusieurs amoureux, le premier c'était son cousin, elle avait quatorze ans.

Pourtant je ne suis pas si moche, il doit y avoir quelque chose en moi qui empêche les garçons d'avoir envie, je ne sais pas quoi, c'est sûr que d'être bonne en maths, ça n'aide pas, c'est ridicule mais les garçons ça leur fait peur.

En plus, des garçons, il faut avoir l'occasion d'en rencontrer, je n'ai pas de frère comme Sophie, elle n'a pas de petit copain mais elle en a déjà embrassé plusieurs, c'était toujours des amis d'un de ses deux grands frères. Elle me les a présentés, ses deux grands frères, mais je n'ai pas l'impression d'être leur genre, eux ils écoutent de la musique américaine, le plus fort qu'ils le peuvent, ils connaissent tous les noms des groupes, ils rêvent d'avoir une grosse voiture, moi ça me fait à peu près autant d'effet que le flipper dans les cafés.

Pourtant je ne suis pas bûcheuse, j'aime rigoler, je ne suis pas sérieuse volontairement, enfin je ne sais pas, il y a un truc qui est mal fabriqué, je crois, je n'arrive pas à être comme les autres. Peut-être que c'est à cause du monde dans lequel je vis, donc à cause de la Vieille. Si c'est pour ça qu'aucun garçon ne m'a jamais embrassée, alors toutes mes petites victoires, genre le coiffeur, les petits-fours, ou même le chien sont ridicules, c'est elle qui a gagné sur toute la ligne.

Bon, mais c'est trop facile, de mettre ça sur le dos des autres, même si les autres c'est la Vieille. Si je veux être libre il faut que j'arrête ça.

Je n'aimerais pas être vieille fille, quand je pense à ce mot je vois la Vieille, mais c'est idiot, elle a été mariée, tu te rends compte ? Même elle quelqu'un l'a embrassée un jour, c'est pas possible, il faudra bien que ça m'arrive à moi aussi.

Catherine est partie faire du camping avec le petit dur, je crois qu'ils sont allés dans la montagne, je me demande quand même s'ils ne sont pas amoureux l'un de l'autre, dans toutes les lettres qu'elle m'écrit, elle ne parle que de lui, ce qu'il a fait, ce qu'il a dit, au fond tant mieux pour elle, ce type, je pense que c'est quelqu'un de bien.

Sophie aussi m'écrit, elle est à la campagne, en famille tout bien comme il faut… Enfin je n'ai pas à me plaindre, je passe tout ce mois avec Marie, d'ailleurs je me demande si ça ne commence pas à lui peser, ses enfants ont grandi, elle n'a plus trop besoin de moi, je ne les garde qu'un ou deux soirs dans la semaine, pour que Marie et Pierre puissent aller voir un film, manger une glace, enfin faire quelque chose en amoureux. Ils m'appellent la jeune fille au pair en rigolant, mais je me rends bien compte qu'ils font tout ce qu'ils peuvent pour que je passe de bonnes vacances, Pierre m'apprend les échecs, la première fois qu'on a joué, je l'ai battu, il paraît que j'ai joué d'une manière tellement bizarre que ça l'a déstabilisé. N'empêche que j'ai gagné !

54

Je suis rentrée à la maison, il y avait deux surprises, une bonne et une mauvaise, mais la bonne l'est tellement que la mauvaise n'a qu'à bien se tenir.

La mauvaise, donc, c'est à peine si elle mérite qu'on la mentionne, pendant que je n'étais pas là, la Vieille a fait refaire ma chambre, évidemment elle ne m'a pas demandé mon avis, et me voilà dans une chambre de jeune fille modèle, avec des roses complètement stupides qui font des guirlandes sur mes murs. Bien sûr, l'ancien papier était devenu jaune, c'est vrai qu'il n'était pas tellement plus beau, c'étaient des grosses fleurs de toutes les couleurs, avec des animaux, un papier que j'avais choisi avec papa il y a longtemps, quand j'étais encore sa petite princesse et qu'il me passait tout. Je n'y faisais plus attention, à ce papier, mais son absence, et surtout ce par quoi l'horrible Vieille l'a remplacé m'a fait soudain réaliser que malgré tout, j'y étais attachée.

L'autre nouvelle, c'est que mon prof de maths m'a écrit. Il m'explique que " notre " article a été accepté, qu'il paraîtra au mois d'octobre dans la revue à laquelle il l'avait soumis, il dit qu'il est vraiment content parce que cette revue, il n'y a pas mieux, c'est celle que dirige son directeur de thèse.

Il lui a posé plein de questions, son directeur, sur moi, et il demande ce que je veux qu'on mette pour me décrire, moi je verrais bien le genre annonce matrimoniale, j'ai bientôt seize ans, les cheveux longs, les yeux noisette, je n'ai jamais embrassé un garçon et encore moins un mathématicien, écrire à la revue qui transmettra. Non, je rigole, je ne sais pas quoi lui répondre, en tout cas ça me fait une raison pour lui téléphoner et même aller le voir, sans attendre qu'il ait besoin qu'on lui garde son bébé, d'ailleurs la Vieille est vraiment une salope, cette lettre est arrivée il y a quinze jours, elle aurait eu largement le temps de la faire suivre, mais ça bien sûr, c'était au-dessus de ses forces. Je me demande si elle ne l'a pas lue, en tout cas elle a sûrement essayé, au moins par transparence.

55

Il m'avait demandé de venir chez lui, lundi à vingt heures trente, je trouvais ça bizarre, d'habitude le baby-sitting c'est le vendredi soir. Quand je suis arrivée là-bas, que j'ai vu la revue sur la table, j'ai pensé qu'il exagérait, de me faire faire du baby-sitting juste ce soir-là, j'aurais préféré le passer avec lui, à discuter. Le temps passait, ils n'avaient pas l'air de sortir, sa femme a servi un apéritif, puis elle a disparu dans la cuisine, je ne comprenais pas, et puis finalement quelqu'un a sonné à la porte, mon prof m'a dit c'est une surprise pour toi, mon cœur s'est mis à battre vite, je pensais que ce serait toi, bien sûr que c'est absurde, puisqu'en plus à lui j'ai dit que tu étais morte, c'était complètement impossible.

Un homme est entré dans la pièce, il n'était vraiment pas très beau, on aurait dit un gnome, avec des yeux très bleus, les cheveux gris, mais quelque chose se dégageait de lui, quelque chose qui disait, ne vous fiez pas aux apparences. Il s'est tourné vers moi et il a dit eh bien, voilà notre petit prodige, je suis devenue rouge, il faut vraiment que j'arrive à ne plus rougir dès que je suis émue, et mon prof me l'a présenté. En fait, ce type, c'était son prof à lui, celui qui dirige la revue, il est connu dans le milieu, il a écrit plein de bouquins, c'est ce qu'on appelle un grand ponte. Il avait demandé à me rencontrer, tu imagines la gloire ?

On a fini l'apéritif, ensuite on est passés à table, j'étais dans mes petits souliers, parce que en plus le grand ponte, tu me diras, il était là pour ça, mais enfin il me regardait, me regardait, ce qu'on appelle dévorer du regard. Même quand je ne parlais pas, il me fixait, comme ça, de ses yeux bleus comme des yeux de vautour. J'étais horriblement intimidée, je regardais ailleurs, en espérant de toutes mes forces que je n'allais pas me remettre à rougir. C'est un peu bête, parce que j'avais envie de l'observer, un type comme ça, qui a son nom sur plein de livres, je n'en avais jamais rencontré jusque-là.

Vers le dessert, mon prof m'a dit, tu sais, tu devrais vérifier qu'il n'y a pas d'erreur dans notre article, parfois, il y a des coquilles qui se glissent ici ou là, et qui changent tout. C'était gentil, de me trouver quelque chose pour m'occuper, il avait dû sentir à quel point j'étais mal à l'aise. J'ai pris la balle au bond, je suis allée m'asseoir dans un fauteuil, pour relire cet article.

C'est là que je m'en suis aperçue. Ça m'a fait comme un coup de poignard, comme quand on s'aperçoit soudain qu'on a oublié quelque chose de très important, qu'on a perdu ses clés ou quelque chose comme ça, j'ai dit mon nom, ils se sont trompés sur mon nom ! Je l'ai presque crié, ça me semblait tellement invraisemblable, et pourtant si, au lieu de mettre mon nom à moi, c'est-à-dire celui qui se finit par le tien, les gens de la revue n'en avaient mis qu'un bout, celui que je n'aime pas, celui que portent aussi la Vieille et puis papa.

Ils ont mis du temps à comprendre ce que je voulais dire, et surtout ils ne trouvaient pas ça tellement grave. Le grand ponte m'a dit, avec un air un peu condescendant, votre maman, elle tenait tant que ça à ce qu'on voie son nom sur une revue de maths, alors j'ai vu que mon prof comprenait, il a dit non, ce n'est pas ça, ce n'est pas sa mère qui voulait, c'est la petite, parce que sa mère est morte.

J'ai trouvé ça trop fort, qu'on m'appelle encore la petite, mais ce n'était pas le moment de faire une scène, ce qui venait d'arriver était beaucoup trop grave, je me disais que tu ne pourrais jamais me retrouver, puisqu'ils avaient enlevé ton nom, j'ai failli me mettre à pleurer, et puis, dans un éclair, j'ai compris que c'était stupide, puisque mon nom, même amputé du tien, il n'y a vraiment aucune raison pour que tu ne le reconnaisses pas. Alors, au lieu de m'effondrer, je me suis mise à rire, je ne pouvais plus m'arrêter, ils ont dû penser que j'étais vraiment perturbée.

Le grand ponte a posé quelques questions sur toi, c'est mon prof qui a répondu et il a enchaîné, au fait, puisqu'elle enseignait les mathématiques, peut-être que tu la connaissais, tu aurais pu l'avoir comme étudiante ?

Le grand ponte a réfléchi, il a dit sincèrement, je ne pourrais pas dire, on voit défiler tellement de têtes, ça remonte à plus de quinze ans, en plus je n'ai pas la mémoire des noms, et il a soupiré. Alors je lui ai demandé, est-ce que vous pourriez chercher, peut-être que dans vos vieux papiers, il y a sa trace, j'aimerais bien savoir comment elle a été, vous comprenez, je sais si peu de choses sur elle.

Il a promis qu'il chercherait. Ensuite, il s'est mis à parler avec mon prof, du jury pour sa thèse, pendant ce temps, moi j'ai relu l'article mais je n'ai pas trouvé une seule coquille.

Une fois rentrée à la maison, j'ai pris un feutre noir et j'ai colorié une guirlande de roses de la tapisserie, eh bien, dans cette couleur, ça fait vraiment bien mieux, on dirait une plaque funéraire, c'est très joli. Si tu étais bien morte, c'est quelque chose comme ça qu'il faudrait sur ta tombe.

J'espère que tu ne m'en veux pas, de ce mensonge qui dure, mais devant le grand ponte, ça n'était pas possible d'avouer que tu étais vivante. Pourtant, il faudra bien que je le dise un jour à mon prof, pour le moment j'ai l'impression de le trahir.

56

Ça s'est passé chez Sophie, hier soir. C'était l'anniversaire de ses deux frères. Ils sont nés à deux jours d'écart, et comme ils s'entendent bien, ils font toujours la fête ensemble. Comme d'habitude, je me suis arrangée avec Marie, cette fois-ci elle m'a même autorisée à rester dormir chez Sophie. Il faut dire que la dernière fois, j'ai été tout à fait réglo, Marie m'avait donné jusqu'à deux heures, à une heure trente, j'étais chez elle, c'est la mère de Sophie qui m'avait ramenée, il n'y avait plus de métro et ce n'est pas tout près.

Cette fois, c'était une vraie soirée, où tout le monde devait danser. Pour l'occasion, Sophie m'avait prêté une robe longue, rouge sombre, avec de grands volants, comme une gitane, elle a insisté pour que je dénoue mes cheveux, elle a voulu me maquiller, je me sentais bizarre, pas tout à fait moi-même.

En fait, il y avait trois anniversaires en même temps, les deux frères de Sophie et un ami à eux, qui est né presque le même jour. Tous les trois s'entendent très bien, on les appelle les triplés, tellement ils se ressemblent, ils ont les mêmes goûts, la même manière de s'habiller. Sophie trouve ça super, moi j'ai du mal à dire, vu que les voitures et le rock, c'est pas mon truc, mais enfin cette fois-là j'avais l'intention d'oublier, de faire comme si j'étais pareille, exactement.

À part Sophie et ses deux frères, il n'y avait pas grand monde que je connaissais. Ils avaient mis des disques dès le début, du hard-rock ou un truc comme ça, je n'arrive vraiment pas à reconnaître. Je restais dans mon coin, je me sentais stupide, je regardais les couples qui faisaient ça ensemble ou chacun dans son coin en me disant c'est ça, ce n'est que ça, ça me semblait très compliqué et en même temps un peu absurde. Je pensais à la Vieille, à ce qu'elle aurait dit si elle m'avait vue là, assise, ma pauvre fille, tu fais pitié, même pas capable d'être dévergondée, même pas capable de danser, c'est incroyable comme tu es empotée.

Ça devait faire une heure que j'attendais. Au début, je souriais, à chaque nouveau visage, je me disais peut-être que celui-là, mais peu à peu, je ne regardais plus personne, à quoi ça sert, malgré ma robe rouge, mes volants et le maquillage, j'avais l'impression d'être habillée d'ombre. Alors je fumais dans mon coin, je n'aime pas ça mais ça donne une contenance.

Il est venu vers moi, il a tendu la main, tu danses, une voix chaude, agréable aux oreilles. Je me suis rappelé ce que m'avait dit Sophie, il ne faut jamais refuser, alors j'ai essayé de lui sourire, j'avais mes lèvres qui tremblaient, puis j'ai dit je veux bien, mais je ne sais pas danser. Ça ne fait rien, il m'a prise par la main, m'a emmenée parmi les autres, tout au milieu. J'avais du mal à tenir droite, j'avais des chaussures à talons, que la mère de Sophie m'avait prêtées, je me sentais godiche, mais je serrais les dents, après tout j'étais là pour ça. De temps en temps il me parlait, il me disait ce que je devais faire, mais avec la musique, j'avais du mal à bien entendre, je souriais, toujours mes lèvres qui tremblaient, mes mains qui devenaient glacées, les siennes étaient chaudes comme un feu de bois, il me faisait tourner, il me serrait entre ses bras, moi j'avais l'impression de faire n'importe quoi, mais ça ne semblait pas le déranger. La danse s'est terminée, il s'est penché très vite et il a embrassé ma main, je suis retournée dans mon coin, mon cœur battait, il s'affolait, mes mains sont devenues brûlantes, ça me chauffait quelque part dans le ventre, j'avais perdu mon souffle, je me suis dit si ça se trouve il a fait ça par charité, sûr que Sophie a dû lui dire, il y a ma copine là-bas, elle est toute seule, invite-la.

Il en a invité deux autres, des filles que je ne connaissais pas, il y en a une qui lui faisait des mines chaque fois qu'il la faisait tourner, l'autre ne le regardait pas, j'ai senti les larmes me monter aux joues, il était beau, tout blond, les jambes solides, les bras puissants, on y voyait des veines qui saillaient, je ne pouvais pas m'empêcher de regarder à cet endroit, je suis partie dans la cuisine, boire un verre d'eau, en me traitant de conne.

Sophie est venue me rejoindre, me demander si ça allait, moi j'ai répondu oui, avec un grand sourire, je n'allais pas gâcher sa fête, elle avait l'air heureuse, elle avait mis tellement de cœur à me préparer pour la soirée.

Je ne savais plus où aller, j'ai échoué dans les W-C, ma robe longue relevée sur mes cuisses, je me traitais d'idiote, vraiment, c'était risible, avoir tout fait pour être là ce soir, et m'enfermer dans les W-C, j'ai entendu la Vieille ricaner dans ma tête, alors, en me forçant, je suis sortie, retournée dans l'arène.

Les lumières étaient tamisées, ils avaient mis des slows, une vieille chanson très douce que j'aime bien. Au milieu du salon il y avait trois couples qui s'enlaçaient, les autres étaient assis, ils regardaient, Sophie dansait avec quelqu'un que je ne connaissais pas, elle était belle, tellement plus belle, j'ai cherché si je le voyais, il n'était pas dans les trois couples, je me suis dit peut-être il est parti, je suis retournée dans mon coin, j'avais envie que ça s'arrête, de rester seule avec Sophie, ou de retourner chez Marie.

Tout à coup il est là, juste à côté de moi, je te cherchais, il me prend par la main, puis tout de suite, il me serre dans ses bras, très doucement. Je me sentais bizarre, je tenais à peine sur mes jambes, mais lui, il me parlait, me demandait mon nom, et en même temps il y a sa main qui bouge dans mon dos, elle est vivante, je sentais comme un courant chaud, ça irradie mon ventre, ça transperce mes seins, je me disais comment, c'est impossible, je le connais à peine, je ne peux pas, mais en même temps je lui parlais, j'essayais d'être drôle et lui, où étais-tu cachée, je voulais danser avec toi, je sens sa main qui descend, qui remonte, le courant chaud entre mes jambes, comme la marée, mon cœur qui bat contre mes tempes, j'avais envie de quelque chose, mais sans savoir de quoi.

La musique s'est arrêtée, les autres couples se sont défaits, mais lui m'a proposé de continuer, il me garde serrée tout contre lui pendant que l'on changeait le disque, tout le monde nous a vus mais ça m'était égal, je n'écoutais plus que mon corps, la marée dans mon ventre, le ressac qui m'emporte, toujours plus près, plus fort serrée, je sentais son odeur, c'est bon, il était chaud, tout chaud, sa voix vibre dans ma poitrine, tu es la plus jolie de la soirée, j'ai de la chance, je n'avais plus la force de sourire, je mets ma tête au creux de son épaule, on a dansé, dansé encore, il a caressé mes cheveux, le quelque chose dans mon ventre n'en peut plus de ce qu'il voulait, je tremble, j'ai relevé la tête, il se penche vers moi, j'ai vu ses yeux, tout bleus, comme agrandis, c'est doux, tellement près, après je n'ai rien vu, je sens ses lèvres qui s'enroulent contre les miennes, ça pique un peu, sa bouche qui s'ouvrait sur la mienne, et puis sa langue qui pénètre, dans mon ventre c'est la tempête, on ne danse plus, il n'y a plus que nous, plus rien que le remous au creux des reins, les vagues, une chapelle aux vitraux bleus, une cathédrale enfouie au fond d'un lac, des poissons-chats multicolores, un aquarium, de l'eau partout.

57

Je dois le voir demain. Je me demande ce que je ferais si je n'avais pas Marie. Quand je suis rentrée dimanche matin, sans avoir dormi de la nuit, j'ai à peine eu besoin de lui parler, elle avait tout compris. Elle m'a dit qu'elle était contente, elle m'a donné quelques conseils, prendre mon temps, ne pas aller trop vite, le début d'une histoire, c'est important, il faut le savourer, elle a raison, bien sûr, de toute façon j'ai bien trop peur pour me précipiter.

C'est vrai, je ne le connais pas. Si ça se trouve, demain, je ne vais pas le reconnaître. On a rendez-vous au jardin du Luxembourg, dans un café, j'ai peur qu'il soit déçu, qu'il ne vienne pas, enfin j'ai peur. Marie me dit ne t'en fais pas, de toute manière rien ne t'oblige à rien, elle dit de faire comme je le sens, laisse-toi aller mais surtout ne te force pas.

À chaque fois que je pense à l'autre soir, ça me remue le ventre, comme en dansant, c'est la première fois que je ressens ça, un peu comme de la peur mais en plus fort et en plus chaud.

J'ai demandé à Sophie de se renseigner, mais ça n'a pas donné grand-chose, tout ce qu'elle a pu savoir, c'est que c'est un ami de l'ami de ses frères.

Catherine aussi m'a donné des conseils, elle me connaît, elle m'a dit de ne pas passer mon temps à faire de l'ironie, c'est comme ça que je me défends, le plus souvent, quand je suis mal à l'aise.

À la maison, je prends un air revêche, je réponds par monosyllabes, c'est mon secret, il est trop beau pour eux, je ne veux pas qu'ils me l'abîment.

Je crois bien que papa serait jaloux, la manière dont il me regarde, ces derniers temps, je vois réapparaître ses vieux démons, depuis qu'il a compris qu'il n'avait aucune chance qu'on signe l'armistice, il prend n'importe quel prétexte. L'autre matin il voulait soi-disant vérifier si j'étais assez rapide pour me lever, il est entré dans ma chambre au moment où je m'habillais, comme je l'ai entendu venir, j'ai vite passé mon pull, mais j'ai senti à nouveau son regard malsain.

Heureusement qu'il y a les maths, et puis ce rendez-vous demain, en fait j'ai peur, mes mains se glacent en écrivant, mes doigts se crispent sur le stylo, mais malgré tout ça m'aide, tu me tiens compagnie, même si au fond, je n'ai aucune raison de penser ça, qu'est-ce qu'on a en commun, à part, quand même, notre haine pour la Vieille et cet espèce de sentiment mêlé, entre l'amour et le mépris, qui nous lie à papa.

58

C'est drôle, depuis qu'il y a Jean, depuis que ses bras se sont refermés sur moi, j'ai l'impression que les autres hommes me voient différemment. En classe, il y en a qui m'ont écrit des billets doux, alors qu'avant ils n'en avaient que pour Sophie, même ses frères se mettent soudain à s'intéresser à moi, c'est amusant, pourtant moi je sais bien que je n'ai pas changé, même si Marie me dit que j'ai les yeux qui brillent et que j'ai embelli.

Marie avait peur que j'arrête de travailler, que je n'aie plus la tête à mes études, je ne vois pas pourquoi, j'aime toujours les maths, ce n'est pas parce que je me sens heureuse que je vais me renier, ne plus faire ce qui me plaisait. Au dernier contrôle j'étais encore première, j'ai montré ma copie à Marie pour qu'elle soit rassurée, elle dit que je suis encore jeune, elle me fait rire, à quatorze ans elle embrassait son premier garçon, moi j'en ai plus de seize.

En tout cas deux qui ne se sont aperçus de rien, c'est la Vieille et papa. Il faut dire que j'ai tout fait pour. Je prends un air sinistre pendant les repas, l'air de porter toute la misère du monde, comme dit la Vieille, je m'enlaidis le plus possible dès que je rentre à la maison, je me fais des nattes très serrées, une raie sur le côté, tout pour avoir l'air d'une sainte-nitouche.

Avec l'argent de mes baby-sittings, je suis allée m'acheter des habits, tout noirs, une grande cape et puis une jupe longue, avec un haut qui s'ouvre par-devant, qui fait ressortir ma poitrine. La cape, je l'ai ramenée à la maison, la Vieille a dit on dirait un vampire, mais ça m'est bien égal. Pour la jupe et le haut, si jamais elle les voyait, elle les jetterait à la poubelle immédiatement, alors je les ai mis dans le placard où on cachait l'argent avec papa, j'ai pris la clé, depuis le temps, elle ne sert plus à rien. Quand je vois Jean dans la journée, je me change dans les toilettes du lycée, au retour, je remets mes affreux habits dans l'escalier, et le tour est joué.

J'ai fait se rencontrer Jean et Catherine, avec le petit dur, en fait ça n'a pas accroché, ils ne sont pas du même monde, évidemment, mais ça n'était pas une raison. Ça m'a fait de la peine, quand Catherine m'a dit que je me fourvoyais avec ce type, qu'elle ne le sentait pas. Jean n'a rien dit sur Catherine, mais comme j'ai vu ce qu'il avait dit sur Sophie, qu'il aime bien, je me suis doutée que ce n'était pas vraiment le coup de foudre.

Par contre, avec Marie, tout a très bien été, la première fois qu'ils se sont vus, au bout de cinq minutes ils se moquaient gentiment de moi tous les deux, pour plaisanter.

59

Jean ne comprend rien aux maths, je trouve ça un peu dommage, par exemple je l'ai forcé à lire cet article, que mon prof a écrit, mais au bout de deux pages il m'a dit vraiment je suis désolé mais ça m'ennuie profondément.

Il a sûrement un blocage. Ça ne le gêne pas, il étudie les langues, il veut être interprète ou traducteur. Si tu traduis seulement des auteurs que tu aimes, c'est la belle vie, c'est comme critique de cinéma, on te paye pour faire un truc que les autres gens payent pour faire.

On n'a encore rien fait. Je veux dire, à part s'embrasser, se caresser. Jean dit qu'on a le temps, qu'il ne faut rien précipiter, ne pas faire ça à la va-vite. L'an prochain il pense qu'il aura un appartement à lui, pour l'instant il vit juste au-dessus de chez sa mère, dans une chambre de bonne. Ils sont cinq frères, ça fait beaucoup, son père est mort il y a longtemps, mais lui c'est vrai, pas de l'intox, il s'en souvient encore.

J'ai du mal à réaliser. J'ai eu tellement de chance de le trouver si vite, malgré la Vieille, malgré ma vie, tellement de chance qu'il m'ait choisie. Il dit que ça lui a paru une évidence, quand il est entré chez Sophie, il n'y avait presque personne qu'il connaissait, il m'a vue dans mon coin et il s'est dit, c'est elle, tout brutalement, comme s'il l'avait toujours su. Même ma manière de ne pas savoir danser lui avait plu. Il dit que je suis un mélange, que je suis une enfant et en même temps que je sais plein de choses, ça l'amuse de voir tout ce que je ne connais pas.

Bien sûr, on a parlé de toi, Jean n'est pas sûr qu'il faut que je te cherche, il dit que tu es libre, que tu n'as peut-être pas envie que je débarque, que ce n'est pas toujours bien de fouiller le passé, que je peux vivre heureuse, en assumant cette part obscure, que si tu veux me voir tu sauras bien me retrouver, quand je serai partie de la maison.

Au fond il dit pareil que la vieille à la lavande. C'est drôle : venant de lui, ça ne me vexe pas.

Je ne sais pas quoi en penser, ce qui est sûr c'est que depuis que je l'ai rencontré, je pense moins à toi, d'ailleurs je t'écris moins. J'ai d'autres rêves que de te trouver, vivre avec Jean, apprendre à partager les petites choses, faire des voyages, tout un monde s'est ouvert à moi et tu n'es plus mon seul recours.

Pour pouvoir le voir plus souvent, tous les matins, je me réveille une heure plus tôt, la Vieille est bête, le matin elle ne se méfie pas, elle n'a rien remarqué, n'a pas posé une seule question, alors que quand j'ai ne serait-ce que cinq minutes de retard le soir, elle menace de venir elle-même, me chercher après le lycée. Tous les matins, donc, on se voit une heure, on va dans un café prendre ensemble le petit déjeuner, Jean dit qu'on ressemble à un couple qui aurait passé la nuit ensemble, pour le rejoindre je pars très vite, à peine si je prends le temps de me peigner, et lui est tout ébouriffé, on s'amuse bien.

Mon rêve serait de pouvoir m'en aller d'ici, je ne sais pas si je pourrai avant d'avoir mes dix-huit ans, encore 517 jours, ça fait beaucoup, ce serait mieux si je pouvais partir avant, mais tant que je suis mineure, il faudrait que papa soit d'accord, ça m'étonnerait, et la Vieille encore moins évidemment.

60

Encore un été de passé, je ne t'ai pas écrit, pourtant, j'ai passé mon temps à écrire, mais pas à toi. Tu vois que moi aussi je peux t'abandonner… Pendant tout cet été, je t'ai laissée tomber, Jean m'a écrit beaucoup, moi j'étais au bord de la mer avec Marie, comme d'habitude, et lui dans un petit village où il va tous les ans avec sa mère et tous ses petits frères. On s'est écrit tous les jours, nos lettres se croisaient, j'aime sa manière d'écrire, et puis ça fait du bien, une réponse, à force de te chercher sans que jamais tu ne me fasses le moindre signe, j'avais fini par croire que c'était naturel. Jean m'a prouvé que non.

Marie me regardait écrire avec un petit air coquin, elle disait que ça l'attendrissait, qu'à travers moi, elle revivait un peu de sa jeunesse, ça me faisait plaisir, jusque-là j'avais peur qu'elle désapprouve, qu'elle dise que c'était mal, je ne sais pas pourquoi, sûrement encore une idée que la Vieille m'a fourrée dans le crâne sans que je m'en aperçoive.

Cette année c'est l'année du bac, ça ne me fait pas peur, au fond, c'est un peu comme une interro, sauf qu'il y en a plusieurs d'affilée. Pour le français, ça s'est très bien passé, donc je ne m'inquiète pas. La question qui se pose, c'est de savoir ce que je vais faire, l'année d'après, de toute façon moi je veux continuer les maths, ce que je ne sais pas, c'est où, je vais en parler à mon prof, je dis mon prof, pourtant ça va faire deux ans qu'il ne l'est plus, mais c'est le seul vrai prof que j'aie eu en maths, les autres sont des potiches, on pourrait les interchanger, je suis méchante, mais il y a de ça.

61

Hier, après le cours de maths, la prof m'a rattrapée, et elle m'a dit c'est très curieux, vous ressemblez beaucoup à quelqu'un qui a enseigné ici, il y a quinze ou seize ans, et qui portait la deuxième partie de votre nom. Ce ne serait pas quelqu'un de votre famille ?

J'ai senti mon cœur s'arrêter de battre, je ne sentais que ça dans le silence, je lui ai dit que tu étais ma mère, que je ne savais pas ce que tu étais devenue, que tu étais partie il y a longtemps, et qu'on avait perdu ta trace.

Tu étais prof dans ce lycée ! Cette prof, elle t'a connue quand tu es arrivée, c'était elle qui te parrainait. Tu te rends compte ? Voilà plus de deux ans que je passe sous la même porte, que je marche dans les mêmes couloirs, que je traverse le même hall que toi, et je n'en savais rien ! Tout à coup j'ai compris pourquoi papa ne voulait pas que j'aille dans ce lycée, quand j'étais en troisième. Il avait peur que je suive vraiment ta trace.

Vous n'étiez pas intimes, ma prof et toi, tu ne lui faisais pas de confidences, mais elle m'a quand même appris quelques trucs. D'abord, que les élèves t'adoraient. Ensuite, que tu n'étais pas très causante, avec les autres profs. Tu n'aimais pas trop les potins. Et puis, que tu étais passionnée par ce que tu faisais, pendant les pauses, tu gribouillais des équations sur le papier : en fait tu préparais une thèse.

J'ai demandé si elle connaissait le nom de ton directeur de recherche, mais elle ne se souvenait plus, c'est vrai que ça commence à faire un bail. J'ai demandé aussi s'il y avait d'autres profs susceptibles de t'avoir connue, il y en a, mais d'après elle, aucun n'était très proche de toi. « Tout ce qu'ils pourront vous dire, s'ils s'en souviennent, c'est que vous avez un air de famille avec votre maman. C'est à cause de cette ressemblance que j'ai fait attention à votre nom. »

Je le savais, que ça me servirait un jour.

Demain, je vais faire du baby-sitting, comme tous les vendredis soir. Je crois que j'ai assez joué à l'orpheline.

Je vais lui avouer que j'ai menti.

62

Sur mon bureau, juste à côté de moi, devine ce qu'il y a ? Une copie de ta thèse !

Ça n'a pas été simple, pour se la procurer, sans mon prof je n'y serais jamais arrivée. D'abord, je ne savais pas qu'il y avait ce service, où tous les sujets étaient recensés. C'est là qu'on t'a trouvée, tu te détachais de la masse, pour un peu j'aurais pu jurer que ton nom brillait beaucoup plus que tous les autres, sur ce gros écran vert.

Ensuite, on est allés à la fac où tu as soutenu. Ça non plus je ne savais pas, que dans les archives des universités, il y a au moins un exemplaire de tout ce qui a été fait par tous les étudiants qui ont travaillé là. On y est allés samedi, avec mon prof, Marie était d'accord, mais j'ai dû décommander le cinéma avec Jean, je crois qu'il l'a un peu mal pris, remarque, je comprends ça. Mais je n'allais pas refuser, quand mon prof m'a téléphoné, m'a dit qu'il s'était arrangé avec sa femme, qu'elle gardait leur bébé, pour qu'il puisse m'aider dans mes recherches.

Au bureau des archives, il y avait un vieux monsieur, une vraie caricature, le genre Cerbère en moins aimable. Heureusement, mon prof a très bien su y faire. Le cerbère est allé chercher un gros dossier, et dedans il y avait ta thèse.

Le problème, c'est que ce genre de documents, normalement on n'a pas le droit de les sortir de la salle des archives. On peut seulement les consulter sur place. Mais mon prof est très fort, il a emberlificoté le vieux cerbère et finalement, en échange d'une pièce d'identité, et de sa carte de thésard, il nous a laissés l'emprunter, à condition qu'on la lui rapporte au plus tard à dix-huit heures, heure où son bureau ferme.

On est allés dans une petite boutique où on ne fait que des photocopies, mon prof avait l'air de connaître tout le monde, – il m'a expliqué que quand on fait une thèse, on passe sa vie à photocopier des articles, des livres, des mémoires, qu'on ne lit pas toujours comme on devrait – on a demandé une copie, c'est mon prof qui a tout payé, il insistait, si, si, je veux que ce soit un cadeau, pour te remercier de m'avoir dit la vérité, ensuite on a rendu ton exemplaire au vieux cerbère, et puis on est allés dans un café, pour feuilleter cette merveille.

C'est là qu'on a été surpris. Parce que ton directeur de thèse, que tu remercies comme il se doit “ pour ses remarques pertinentes, sa patience et ses conseils ”, eh bien c'est le grand ponte.

63

Jean dit que c'est malsain, que mon prof m'aide à te chercher. Je crois qu'il est jaloux, de mon prof et de toi, parce que ça lui échappe, parce que samedi, j'ai annulé au tout dernier moment.

Je n'aime pas quand il est comme ça. Sophie me dit, ça prouve qu'il t'aime, mais je n'ai pas besoin de preuve, pas envie qu'il se mêle de régenter ma vie, me dire de quoi je dois parler et avec qui. Ça m'empêche de lui raconter, par exemple ta thèse, chaque fois que j'ai essayé de lui en parler, il a pris un air renfrogné, alors j'ai parlé d'autre chose. Il se tracasse pour son petit frère qui ne veut plus trop travailler en classe, moi je l'ai écouté, je ne lui ai pas fait la morale en lui disant qu'il n'avait pas à se prendre pour son père, et que peut-être en s'occupant trop de son petit frère, il l'encourageait à avoir des problèmes.

Dans ces moments, je crois que je comprends ce que Catherine a voulu dire, et ça m'ennuie.

Il veut m'inviter chez sa mère pour prendre le thé, je trouve que ça n'a rien d'urgent, c'est Jean que j'aime, ce n'est pas sa famille, on a déjà tellement de mal à se trouver un peu de temps pour se voir tous les deux, si en plus on doit en perdre à des mondanités… Quand je dis ça, Jean dit que c'est la Vieille qui m'influence, qu'à force de n'avoir le droit de fréquenter personne, je me suis peu à peu fermée aux autres ; moi je veux bien, mais l'exemple est très mal choisi, vu que la Vieille, le thé, elle le prend tous les mercredis après-midi avec tout un tas d'autres vieilles. D'ailleurs, c'est sûrement pour ça que j'ai dit non à Jean. Prendre le thé, je n'en ai vraiment pas envie.

64

Ça y est, j'ai terminé de lire ta thèse.

Tu veux que je te dise, Kivousavé ? Eh bien, je ne te renie pas. Ou plutôt, je suis fière de toi. Vraiment très fière. J'ai envie de la montrer à tout le monde, ta thèse, envie de partager sa beauté. Parce que vraiment, tant d'élégance, tant de simplicité, je ne savais même pas que ça pouvait exister. Tu étais vraiment forte. Enfin, quand je dis tu étais, je pense que ça ne s'oublie pas, tu dois toujours être comme ça.

C'est dommage que si peu de gens puissent comprendre ce que je ressens. Il n'y a que mon prof, en fait. Il faut vite que je la lui prête, mais en même temps je n'ai pas envie de m'en séparer. D'un autre côté, avec ses cinq cents pages, elle n'est pas facile à cacher, et j'ai vraiment très peur que la Vieille la découvre. Ça fait quinze jours que je la trimballe avec moi partout, dans mon cartable, si c'est pas de l'amour…

Il faut dire que c'est merveilleux, c'est encore mieux que ce que j'avais pu imaginer. La princesse japonaise, avec ses chatons très mignons, elle est complètement enfoncée. Enfin, non, j'exagère, elle était bien aussi, la princesse japonaise. Mais je suis si contente, je dis n'importe quoi.

Tu sais, j'ai presque l'impression que je te vois, entre les lignes, je suis le fil de ta pensée, je me dis, là, sur ce passage, elle a dû pas mal réfléchir, je t'imagine, aux pauses, en train de gribouiller cette équation sur un bout de papier, j'ai l'impression que je suis dans ta tête, dans tes pensées intimes, et tout ça pendant cinq cents pages…

Tu aurais pu me la laisser, ta thèse, quand tu t'en es allée. Bien sûr, ça ne t'aurait pas remplacée, mais tout de même. Tandis que là, tu te rends compte, c'est presque par hasard que j'ai pu la chercher. Tu te rends compte, si je ne l'avais jamais lue ?

Maintenant je voudrais te voir.

65

Ça fait juste six mois qu'on se connaît. Je ne comprends pas, qu'est-ce qui m'a pris, tout allait bien pourtant.

Depuis trois semaines c'était décidé. On y était allés ensemble, les mineures y ont droit, on ne prévient pas les parents, ça s'était bien passé, la doctoresse était gentille, elle faisait penser à Marie, ça m'avait mise à l'aise, ensuite, le premier jour des règles, au petit déjeuner, il avait pris lui-même le comprimé, l'avait mis dans ma bouche, comme une hostie, on avait ri, je le voulais, j'y étais décidée, je ne comprends pas.

J'avais bien un peu peur quand on est entrés dans l'appartement, la chambre d'un ami à lui, qui lui avait passé ses clés. C'était tout sombre, ça donnait sur une cour très grise, que du béton, on a dû fermer les rideaux, oublier ça. Il y avait une odeur de cire, la même qu'à la maison, tous les dimanches, ça m'a fait drôle, mais ça allait encore, Jean plaisantait, je sentais qu'il était quand même un peu crispé, mais il faisait ce qu'il pouvait pour le cacher.

C'est quand il m'a déshabillée.

Ce n'était pas la première fois qu'il me touchait les seins, au parc, entre les arbres, ses mains passées derrière mon dos, un petit geste, il dégrafait mon soutien-gorge, il caressait mon cou, il descendait en m'embrassant, ta peau est douce, j'aimais bien ça. Mais là, dans cette chambre qui sentait la cire, comme chez la Vieille, quand il a voulu enlever mon chemisier, tout d'un coup ce n'était plus lui, le souffle, montre-moi ça, pas de chichis avec ton père, je me suis sentie comme frigorifiée. Je n'ai rien fait, je n'ai pas voulu l'arrêter, mais tout d'un coup, je me suis éloignée de là, c'était mon corps, il n'avait pas bougé, mais moi j'étais ailleurs, je me cognais contre une vitre, derrière, dans la cour grise, je ne sentais plus rien, ne bougeais plus, je me sentais comme étrangère, je voyais son visage, sa bouche qui me mordait les seins, il était rouge, son souffle, montre-moi ça, ses doigts tremblaient, je me disais c'est dégoûtant, mon corps était creux comme du bois, je ne flottais pas, je m'enfonçais, plus rien, le souffle court, pas Jean, pas Jean comme ça, c'est impossible, pas lui tout rouge, les yeux fermés, il ne s'apercevait pas, je ne pouvais plus parler, ses mains sont descendues, entre mes jambes, j'ai laissé faire, senti ses doigts, ça faisait mal, je n'ai rien dit, j'ai attendu, je le fixais, lui il fermait les yeux, tout d'un coup il les a ouverts, qu'est-ce qui se passe, ça ne va pas, c'était lui à nouveau, je l'entendais, mais je restais coincée derrière ma vitre, dans la cour grise, je ne pouvais rien dire, une heure, je suis restée, impossible de parler, il s'inquiétait, maintenant il pense que c'est sa faute, qu'il ne sait pas s'y prendre, comment lui dire, je ne peux pas, je ne veux pas parler de ça, montre-moi ça, c'est mieux, tu redeviens gentille, je ne peux pas, c'est impossible, ça ne peut pas franchir ma gorge, ça reste là, coincé dans une odeur de cire, je n'ai rien dit pendant une heure, finalement on est sortis, on est allés au parc, il faisait froid, les arbres avaient perdu leurs feuilles, j'aimais mieux ça, je n'ai rien dit, je ne sais pas quoi faire, je ne peux tout de même pas écrire un conte, pour expliquer, je n'ai personne à qui parler, personne qui sache, même pas Catherine, même pas Marie, personne qui me dirait quoi faire, peut-être que je ne pourrai jamais, pourtant je l'aime, je sais que ça n'a rien à voir, je le sens bien, pourquoi, je ne comprends pas.

66

Hier soir j'ai revu ton prof. À défaut de l'élève, on prend le maître.

Mon prof les avait invités, sa femme et lui, en fait il est venu tout seul, sa femme était partie à l'étranger pour son travail.

Quand il a vu ta thèse, posée en évidence devant moi sur la table, j'ai presque eu l'impression qu'il avait peur. Je crois que tout d'un coup, il s'est rappelé de toi, et qu'il s'est senti bête d'avoir pu t'oublier.

Parce que dès qu'il a vu ta thèse, la mémoire lui est revenue, il a dit mais bien sûr, cette étudiante, je m'en souviens comme si c'était hier, c'est une des meilleures thèses que j'aie fait soutenir, bien sûr, je me souviens de tout.

Cette fois c'est moi qui l'ai dévoré du regard, qui l'ai harcelé de questions.

Au fur et à mesure qu'il répondait, c'était comme s'il replongeait dans son passé, comme s'il te revoyait, quand tu étais son étudiante. Il a dit que tu étais à peu près aussi têtue que moi, quand tu voulais obtenir quelque chose, trouver une démonstration, tu n'en démordais pas. Il m'a dit c'est comme ça, les vrais chercheurs, c'est une qualité rare.

Il a dit d'autres choses. Certaines, je les savais déjà, par exemple que tu n'acceptais pas du tout que les femmes soient reléguées dans leur cuisine, que pour toi apprendre était sacré, que tu ne voulais jamais t'arrêter. Il a ajouté que tu étais très orgueilleuse, qu'on pouvait te vexer très facilement, juste en te taquinant, en te disant que tu n'avais pas réfléchi, que tu avais fait une erreur. Tu ne supportais pas de te tromper.

J'ai demandé s'il t'arrivait de lui parler de moi. Il a mis du temps à répondre, comme s'il était gêné, comme s'il se demandait s'il allait dire la vérité, puis il s'est décidé, non, je dois dire que non, pas une seule fois pendant les années où je l'ai suivie, pas une seule fois elle n'a parlé de vous spontanément, je veux dire autrement qu'en répondant à mes questions. Je me souviens, bien sûr ce n'est qu'une anecdote, mais la première fois que je lui ai demandé comment allait sa fille, elle s'est presque fâchée, elle a dit qu'elle se demandait si je posais les mêmes questions à mes autres thésards, ceux qui étaient des hommes et avaient des enfants. Il faut replacer ça dans son contexte, à l'époque c'était difficile, les choses ont bien changé.

Il faisait de son mieux, ton professeur, pour que j'avale la pilule. Je l'ai trouvée un peu amère, quand même. Je trouve que tu charries un peu. Tu aurais quand même pu au moins une fois lui dire, sans qu'il t'y pousse, que j'étais le plus beau bébé du monde, Il y a des limites au féminisme, tu ne crois pas ? Quand j'ai entendu ça, je me suis dit, je lui fais beaucoup trop d'honneur, de la chercher. Du coup, je n'ai plus posé de questions. C'est mon prof qui m'a relayée.

Il a demandé à ton prof quand il t'avait vue pour la dernière fois. C'était pour ta soutenance, juste avant l'été. Après, il n'a plus eu aucune nouvelle. Donc tu as disparu, pour lui aussi. J'ai demandé si par hasard, tu n'avais pas une robe blanche, le jour de ta soutenance ? Le grand ponte m'a regardée, comme s'il me transperçait, avec ses yeux de vautour bleus, puis il a souri légèrement, et il a dit que c'était tout à fait exact. Il a ajouté que dans ta robe, tu étais presque aussi jolie que la jeune fille qui était juste en face de lui.

Évidemment, ce coup-là j'ai rougi.

Quand on a eu fini de manger, ton prof s'est mis à feuilleter ta thèse, il avait l'air gêné, un peu ému, ça me l'a rendu sympathique, un homme sensible à la beauté, ça n'est pas rien, il avait l'air vraiment heureux de retrouver tes démonstrations, finalement il me l'a rendue, il m'a regardée fixement et il a dit, quel dommage, qu'elle n'ait pas continué. Ensuite, il s'est repris, il a réalisé qu'il avait dû gaffer, il a dit veuillez m'excuser, je dis n'importe quoi, bien sûr le grand malheur, c'est qu'elle soit décédée, mais dans le monde des mathématiques, un esprit qui s'arrête en plein envol, c'est une catastrophe.

C'est lui qui m'a raccompagnée, il était en voiture et il l'a proposé. On a voyagé en silence, puis au moment où j'allais descendre de voiture, j'ai tourné mon regard vers lui, je lui ai dit et de mon père, elle vous en a parlé ?

Il a poussé un gros soupir, puis il a dit, je ne sais pas, je ne m'en souviens plus. Vous savez elle était secrète, je ne peux pas me rappeler de tout.

67

Il nous a vus. Ce n'est pas possible autrement. Comment a-t-il eu ce culot, ce vieux débris, ce sombre lâche, ce sale pervers, je ne sais pas, mais c'est certain, il nous a vus. Il a fallu qu'il me prenne ça aussi. Qu'il y fourre ses yeux malsains. Qu'il se rince l'œil, comme sur ses magazines. Je n'en peux plus. Je n'ai plus envie de me battre. Envie de fuir, loin de tout ça. De tout laisser. La Vieille, l'ombre du chien, la cire du dimanche, ma chambre, même cette lettre, dont je ne peux savoir si je te l'enverrai un jour, si elle a un destinataire, si tu existes, finalement.

Je les sens là, présents derrière mon dos, prêts à me sauter à la gorge lorsque j'écris, quand je m'endors. Je suis en train de devenir folle, peut-être, est-ce que je deviens folle ? Kivousavé, c'est la part sombre, noire, recluse, la part que je ne trouverai jamais, la part de moi qu'on a tuée, violée, dans un parfum de cire. Et lui, ce vieux débris, ma petite fille, je dois te protéger contre toi-même, tu es sur une très mauvaise pente, je pensais que je pouvais te faire confiance, que tu faisais ta crise d'adolescence mais que tu avais gardé les pieds sur terre, il n'en est rien, je sais que tu fréquentes des hommes, plus tard tu me remercieras, c'est mon devoir de père, dorénavant, tu n'iras plus chez personne, à part Marie, ce que je cherche, c'est limiter la casse, plus tard tu comprendras, tu n'es pas la première dans la famille, j'avais une tante, une fille intelligente, un peu comme toi, toute sa vie a été brisée, fille mère à dix-sept ans, c'est mon devoir de père, te protéger, tu resteras à la maison, tout son fourbi, en vrac, dans les oreilles, comme de la boue, la boue qui a noyé sa vie, il me la crache en pleine figure, il voudrait m'y noyer, il voudrait que j'arrête de vivre, de respirer, comme si c'était facile, de fréquenter des hommes, comme si tout m'y poussait, comme s'il n'avait pas mis cette vitre, dans la cour grise, entre la vie et moi, comme si ça ne suffisait pas, comme si ça ne m'enfermait pas, tellement mieux qu'une porte, comme si j'étais comme toi, capable de partir, capable d'oublier, je ne t'enverrai pas cette lettre, même si un jour je te trouvais, je te laisserais où tu es, tu n'as jamais eu besoin de moi, je suis un poids, pour moi, je ne sais pas comment bouger, me dégager de cette chape, de la boue qui m'enferme, le front de Jean, son souffle, sur ma poitrine, ça n'était pas réel, fermer les yeux quand il le faut, incapable de manger du chocolat quand j'ai visité la fabrique.

68

Ça allait mal, ces derniers temps. Heureusement je ne suis pas seule.

D'abord, il y a eu mon prof de maths. Pour une fois, ce besoin qu'il a de m'arracher des confidences m'a fait du bien. J'étais venue, comme tous les vendredis soir, pour garder son bébé, j'avais feuilleté vaguement deux ou trois livres de maths, en griffonnant de-ci de-là des ébauches de démonstrations, pour faire partir la Vieille qui soufflait dans mon dos, pour essayer d'exorciser. Quand ils sont revenus, sa femme est allée se coucher, elle était fatiguée. Mon prof a dit qu'il restait encore un peu avec moi, puis qu'il me raccompagnerait. Il m'a offert un verre, une liqueur espagnole, toute verte et assez forte, on ne s'aperçoit pas que c'est alcoolisé mais après quelque temps, on a les joues toutes rouges. Il a jeté un œil aux feuilles que j'avais griffonnées, il a dû voir qu'il n'y avait rien de bon, après ça il m'a dit, il y a une chose qui te tracasse, tu as une mine de déterrée, qu'est-ce qui ne va pas ?

Tu te doutes bien que je n'allais pas lui raconter, la vitre sale, la chambre froide, l'odeur de cire et tout le reste, le souffle de la Vieille et son mauvais visage.

Alors j'ai dit, du mieux que je pouvais, que chez moi ça n'avait jamais été très gai, mais que maintenant ça devenait l'enfer, qu'on m'interdisait de sortir, qu'on m'enfermait, qu'on me soupçonnait de faire des horreurs, que je n'en pouvais plus. J'ai expliqué que j'attendais mes dix-huit ans, mais que c'était trop long, que je ne tiendrais pas, que je devenais folle.

C'est alors qu'il m'a demandé, comme on pose une question banale, pourquoi attendre tes dix-huit ans ?

J'ai commencé à réciter, mineure, émancipée, la police à mes trousses, mais en même temps que je parlais, en entendant ma voix qui prononçait ces mots, je me disais mais c'est idiot, d'où est-ce que je sors ça, ça ressemble à une idée fausse qu'on m'aurait fourrée dans le crâne juste pour m'empêcher, après tout qu'est-ce qu'ils peuvent faire, si je m'en vais, j'ai presque dix-sept ans, s'ils me reprennent, je m'en irai une nouvelle fois et voilà tout, comme ça jusqu'à ma majorité, mais ils se lasseront avant.

J'ai dit en fait, le vrai problème c'est que je n'ai pas d'endroit où aller, et pas d'argent non plus.

Il a souri, il a dit, ça me paraît bien plus pertinent, et il a ajouté dans la vie, contrairement aux mathématiques, il y a toujours au moins une solution.

Et là-dessus, il m'a raccompagnée.

Je n'ai pas dormi de la nuit, pourtant le lendemain, j'avais déjà bien meilleure mine. Comme s'il m'avait aidée à soulever la chape, à faire une fêlure dans la vitre, comme si soudain je pouvais respirer. J'ai arrêté de sentir le souffle édenté de la Vieille dans mon cou, je me suis dit que j'étais bête de m'être laissée faire jusqu'à présent, qu'il suffisait de faire comme toi, penser que tout était possible.

J'en ai parlé à tout le monde, à Jean à Marie à Sophie, même à Catherine, ils ont été d'accord du premier coup, c'est ce que tu dois faire, trouver un moyen pour partir avant.

Ils ont tous proposé que je vienne vivre chez eux, au moins à titre provisoire. Ça m'a beaucoup touchée. Je peux bien l'avouer, moi qui dis tout le temps que je n'ai pas besoin de preuves, là j'en ai eu autant que je voulais, qui prouvaient qu'ils m'aimaient, et ça m'a fait du bien.

Chez Marie, c'est bien trop petit, le seul endroit où je pourrais dormir c'est sur le canapé, dans le salon, j'y suis déjà presque tous les week-ends, elle a beau dire que ça ne la dérange pas, je me rends compte que quelquefois, elle aimerait bien être à son aise, mais qu'elle ne le peut pas à cause de moi.

Chez Catherine il n'y a que sa chambre, souvent il y a le petit dur qui vient pour dormir là, ou au moins passer la soirée. Et chez Sophie, ça ne dépend pas d'elle, ses parents ont déjà beaucoup à faire, on ne peut pas leur coller une deuxième fille sur les bras, comme ça, juste pour faire joli.

C'est avec Jean que ce serait encore le mieux, dans sa chambre de bonne, même s'il y a sa mère et ses frères en dessous.

Ce dont j'aurais vraiment envie, c'est d'avoir un endroit à moi, un endroit où ne rentreraient que ceux que j'ai vraiment choisis, un endroit où je pourrais être seule quand je voudrais.

Même si j'allais m'installer chez Jean, il faudrait que je trouve un moyen d'avoir de l'argent, je ne pourrais pas vivre à ses crochets, c'est-à-dire à ceux de sa mère. J'ai préparé des petites fiches où je propose des cours de maths et du baby-sitting, Sophie a bien voulu que je laisse son numéro, on va voir si ça marche.

Tous les soirs quand je rentre à la maison, ponctuellement à la seconde près, la Vieille me jette un regard noir, elle ne doit pas comprendre que je sois si docile, elle s'attend à un coup fourré. Elle n'a pas tort, mais il me faut le temps qu'il soit bien préparé.

69

Ça va de mieux en mieux, on a pu le faire avec Jean.

Ça n'était pas extraordinaire, pour lui ce n'était pas la première fois, mais ça faisait longtemps, enfin on y est arrivés, je me sens mieux, la chape se soulève, les barreaux s'écartent un peu et le vent souffle du grand large.

Ça peut paraître idiot, mais j'y suis arrivée bien mieux en gardant mon corsage, j'ai même empêché Jean de me toucher le haut, comme ça j'ai pu penser à autre chose, je n'ai plus pensé à la cire, au samedi soir, enfin à toutes ces choses qui m'empêchaient. Jean a été un peu surpris, il croit que je suis complexée, alors il dit que je suis bête, que je ne me rends pas compte à quel point je suis jolie.

Je suis contente, parce qu'on l'a fait, au fond ça n'est pas si terrible, mais je n'ai pas non plus trouvé que c'était comme du chocolat, en fait je n'ai pas senti grand-chose, un peu mal au début, et puis après, tout est allé très vite. Catherine m'a dit que c'était tout à fait normal, d'après elle les premières fois, il faut déjà être contente si on n'a pas très mal, elle m'a dit que c'était au moins au bout de dix fois ou vingt fois qu'on pouvait commencer à ressentir des choses. C'est drôle, malgré ce qu'elle m'a dit de Jean, j'arrive très facilement à lui parler de ces choses-là, par contre avec Marie je crois que je ne pourrais pas. Avec Sophie, je peux encore moins en parler, elle ne l'a jamais fait.

Je crois bien que je vais me décider à aller vivre chez Jean, bien sûr je préférerais qu'il n'y ait pas sa mère juste en dessous, il m'a promis que dès qu'il le pourrait, il prendrait un appartement rien que pour nous, et puis il dit que sa mère est vraiment gentille, pas du tout comme la Vieille, que je vais pouvoir sentir ce que c'est, une vraie famille, et que ça me fera du bien.

70

Hier soir, grande scène avec papa, pendant que la Vieille était à la messe. Il est venu me voir, pour m'expliquer qu'il avait peut-être fait quelques erreurs, mais que tout ça, il l'avait voulu pour mon bien, qu'il fallait que je fasse des efforts et qu'en échange, il serait un peu moins draconien sur ses interdictions.

Je l'ai laissé parler, je savais bien d'où ça venait, ses bonnes résolutions, deux jours plus tôt, il a eu une grande discussion avec Marie, qui a essayé de lui expliquer qu'à notre époque, quand on a une fille de dix-sept ans, ça ne sert pas à grand-chose de la cloîtrer, qu'il faut laisser une marge de liberté, sans quoi ça craque, et plus rien ne résiste.

Marie m'avait raconté ça, le matin même, au téléphone, c'est une des sorties qu'on m'autorise, aller téléphoner, parce que par contre, à la maison, je n'ai plus le droit de toucher au combiné, il paraît que je reste trop longtemps, que ça coûte cher, et que ça les agace. Ça ne me dérange pas du tout, d'aller à la cabine du bout de la rue, je suis beaucoup plus libre pour parler, pour dire ce que je pense, et puis surtout pour rigoler, à la maison, je ne peux pas, il ne faudrait pas qu'ils comprennent que je ne vais pas si mal que ça. Donc Marie m'avait raconté la scène, en imitant papa tellement bien que j'en ai piqué une crise de fou rire, d'ailleurs quand il est venu s'expliquer, il ressemblait tellement à sa caricature, j'ai failli me remettre à rire sans pouvoir m'arrêter.

Je lui ai répondu, ça l'a surpris, habituellement il s'écoute parler tout seul, j'ai dit je ne te crois pas, quand tu dis vouloir mon bonheur, vous faites tout pour me détruire, alors arrêtez vos hypocrisies, ta mère et toi.

Il a juré que pas du tout, ce que je veux, c'est ton bonheur, j'ai cru bon de sévir parce que j'étais vraiment inquiet, d'ailleurs il y avait de quoi, tu comprendras quand tu auras toi aussi des enfants, ça ça m'a bien fait rire, j'ai dit ah bon, maintenant tu voudrais que je me retrouve enceinte, il a eu l'air idiot, alors j'ai dit il n'y a qu'une chose qui pourrait me prouver que tu es de bonne foi, une seule, et cette chose, je suis prête à parier que tu vas me la refuser.

Il a dit tope-là, parions, ça m'a fait mal parce que d'un coup, ça m'a rappelé les paris qu'on faisait quand j'étais petite, j'ai failli être émue, c'est fou, je n'aurais pas pensé, enfin j'ai dit d'accord, ce que j'aimerais que tu promettes, c'est de ne pas me mettre les flics au cul si je pars avant ma majorité.

Le pauvre, ça l'a surpris, il s'attendait à ce que je quémande une permission, pour aller chez Sophie, ou bien sortir au cinéma un soir, il s'est pris ça dans la figure, puis il a dû se dire qu'est-ce que je risque, une déclaration de principe, ça ne m'engage à rien, alors il a dit ma petite fille, je crois que tu as perdu ton pari, jamais je ne ferais appel à la police, en plus ce genre de chose, après on est fiché, on a un casier judiciaire, jamais au grand jamais je ne te ferais ça.

J'ai dit d'accord, je vais te prendre au mot, je vais essayer de partir avant d'être majeure, et on verra, juste entre toi et moi, on verra si tu tiens parole.

Quand la Vieille est rentrée, il est allé lui raconter, j'ai failli dire, lui rapporter, mais ça donnait vraiment cette impression, le petit chien qui rapporte la baballe.

La Vieille a dit, partir avant d'être majeure, partir avant d'être majeure, mais la voilà la solution ! C'est une bonne idée, je suis ravie, on va enfin être débarrassés.

Tu as beau savoir qu'on ne t'aime pas, parfois tu as comme des illusions, l'impression de compter un peu plus que n'importe qui, et quand tu t'aperçois que ce n'est pas le cas, ça fait un sale effet. Pourtant je croyais que j'étais blindée.

La Vieille a ajouté, mais attention, si elle s'en va, il n'est pas question qu'elle revienne.

Je n'ai pas pu m'en empêcher, j'ai ouvert grand la porte derrière laquelle j'étais cachée et j'ai dit ça, il n'y a aucun danger, ne t'en fais pas, je ne reviendrai pas, il y a trop de chaleur humaine ici, c'est étouffant.

71

Ils n'y croient pas. Ne m'en croient pas capable. Il n'a pas dû y croire non plus, quand tu as mis ta robe blanche, que tu as posé ton ultimatum, il a dû penser que tu resterais, à cause de moi. Il était sûr que tu étais coincée, emprisonnée, qu'ils pouvaient tout te faire, sans que tu réagisses, ou alors juste, un peu, te plaindre. Et puis tu es partie, tu m'as laissée. Tu es partie, tu m'as montré la voie, maintenant j'en suis sûre, je vais la suivre, ce n'est pas difficile, je ressemble à Kivousavé.

Je déménage mes affaires petit à petit. Tous les matins, j'en donne à Jean. Je laisserai des choses, ici. Des otages, auxquels je ne tiens pas du tout. Mais je ne veux pas laisser mes livres. J'en ai beaucoup. En dix-sept ans, on accumule. Tous les matins, c'est un petit carton de livres qui s'en va, un peu de moi qui va nicher chez Jean. Mes livres, mes disques, quelques habits. Le reste, les photos de moi en communiante, les bibelots offerts pour mes anniversaires, tous ces objets choisis par eux, je les leur laisse. Muer, une bonne fois. Je n'emporterai que mon ours. Je crois bien que c'est toi qui l'as choisi. En tout cas ça me plaît de le penser.

La mère de Catherine s'est remise à boire. Pour l'instant ça ne se voit pas, mais Catherine s'en est aperçue, en faisant le ménage, elle a retrouvé une bouteille, cachée derrière l'évier. Des trucs comme ça, avant la cure, ça lui arrivait tous les jours, elle s'y était presque habituée, elle vidait la bouteille et puis voilà. Mais là, ça lui a fait tout drôle.

72

Je suis partie dimanche. Il restait deux valises. Je suis entrée dans la cuisine, la Vieille était en train de faire une tarte, j'ai dit au revoir. Elle a répondu au revoir, sans lever les yeux de sa pâte. Ensuite je suis allée frapper à la chambre de papa. J'ai dit au revoir, il a fait au revoir, comme si de rien n'était, puis soudain s'est repris, comment ça au revoir, mais où vas-tu, il fallait demander la permission. J'ai dit je ne demande plus de permission, je pars une fois pour toutes, et n'oublie pas notre pari.

Il a eu l'air éberlué. Le pauvre, toujours son air de chien battu. Il balbutiait, comme un oiseau tombé du nid. J'ai dit papa, il n'y a pas de mais, j'aurais pu partir sans rien dire, mais je ne voulais pas que tu t'inquiètes. Il a demandé, est-ce que maman est au courant, je lui ai répondu, est-ce que tu sais que toi, tu es majeur depuis longtemps ? Il n'a plus su quoi dire, alors je suis partie après lui avoir rendu les clés.

Jean m'attendait sur le trottoir d'en face. Ça faisait presque une heure qu'il était là, il me l'a dit après, il avait peur que je change d'avis, que je recule. C'est vrai que j'ai ressenti ça, comme avant de sauter du haut d'un plongeoir. Mais j'ai sauté.

La mère de Jean m'a accueillie, très gentiment. Jean lui ressemble un peu, surtout les yeux, mais ça n'a pas suffi à me mettre à l'aise. Je me sentais gênée, je ne savais pas quoi dire, elle me parlait comme si j'étais une petite fille, qu'elle m'avait recueillie, comme si c'était ma mère, elle me disait des choses gentilles, mais trop d'un coup, je crois bien que je n'aime pas ça. J'aurais voulu me retrouver seule avec Jean, mais il a fallu manger tous ensemble, elle remplissait, remplissait mon assiette, je n'arrivais pas à refuser, Jean souriait, il avait l'air aux anges.

À la fin du repas, j'ai été prise d'une nausée incoercible, il a fallu que j'aille vomir, j'ai tout rendu, tout le repas d'un coup. J'aurais voulu rester enfermée dans les toilettes, jusqu'à ce que Jean vienne me chercher, jusqu'à ce qu'il n'y ait plus personne d'autre, mais j'ai senti la Vieille qui me ricanait dans le cou, c'est ça, la liberté ? Je la voyais passer sa langue entre ses dents, alors je me suis rincé le visage et j'y suis retournée. La mère de Jean a fait comme si elle ne s'était aperçue de rien, je me disais elle est vexée, elle pense que je n'ai pas aimé sa nourriture. Heureusement les petits frères se sont mis à se chamailler, ça a fait diversion.

Jean m'a emmenée dans sa chambre, juste en dessous des toits, il avait bien rangé toutes mes affaires, poussé les siennes dans son armoire pour me faire de la place, il a même mis des étagères supplémentaires pour y ranger mes livres. Il était là, tout fier, à me montrer tout ça, ça me touchait beaucoup, mais il aurait voulu que je m'exclame, que je batte des mains, pour montrer que j'étais heureuse. Je pense aussi qu'il aurait voulu que je dise comme ta mère est gentille, tes frères mignons, mais je ne pensais rien de tout ça, alors je n'ai rien dit.

Ensuite il m'a prise dans ses bras, je me sentais bizarre, j'avais encore le ventre retourné, et puis savoir que toute la famille était là, deux étages plus bas, à croire qu'on le faisait, je n'ai pas pu. Je me suis mise à pleurer, tout doucement, Jean était désolé, il ne comprenait rien, il m'a demandé si je regrettais, si j'aurais préféré rester chez moi, s'il avait fait quelque chose qu'il n'aurait pas dû, je disais non à tout mais je pleurais.

On est allés au cinéma. Dès qu'on est sortis dans la rue, qu'on a tourné au coin, je me suis sentie mieux. J'ai dit à Jean, je voudrais qu'on ait un endroit à nous, seulement à nous. Il a dit c'est promis, dès que je le pourrai.

73

Ça fait un mois que je vis là. Je n'en peux plus. Je ne peux rien leur reprocher, tout le monde est tellement gentil, mais justement : je crois qu'ils sont tous trop gentils ; je me sens engluée, je ne sais pas comment faire pour résister.

Pour les repas, on devrait se débrouiller seuls, il y a un petit frigo, une plaque chauffante, un lavabo, ça suffit largement. Mais presque tous les soirs, sa mère envoie un de ses frères pour nous proposer de venir. Jean répond toujours oui. En fait, c'est clair que ça lui fait plaisir. Ça se comprend, bien sûr, mais moi je n'en peux plus.

Il y a une porte de leur appartement qui donne sur l'escalier de service, celui qu'on prend pour remonter chez nous. Chaque fois qu'on passe devant cette porte, quelle que soit l'heure, elle s'ouvre, et elle est là, avec un grand sourire, elle dit voilà les amoureux, j'espère que vous vous êtes bien amusés, où est-ce que vous étiez comme ça, entrez donc prendre un verre. Et Jean accepte, et Jean répond, il raconte tout ce qu'on a fait, ce que j'ai dit, ce qui m'a plu, qui m'a déplu, même quand je lui ai fait une blague, sa mère a droit au compte-rendu. Je voudrais lui fermer la bouche, leur crier une bonne fois, mais foutez-nous la paix, laissez-nous vivre, laissez-nous notre vie, disparaissez, mais bien sûr je ne peux rien dire, ça ferait trop de peine, Jean ne comprendrait pas.

Il ne peut pas comprendre grand-chose. Par exemple pourquoi je n'ai pas supporté qu'elle me donne des vêtements, ou bien que l'autre jour, quand je suis rentrée au milieu de la journée – un prof était malade – j'ai détesté la trouver chez nous, en train de faire la poussière dans la chambre. Je savais qu'elle avait la clé, mais je n'aurais jamais pensé qu'elle venait là en notre absence, toucher à nos affaires, toucher au lit où Jean et moi on dort.

Je sais bien que je suis injuste. Je ne peux rien lui reprocher. Elle fait ça pour être gentille. Elle voudrait que je l'aime. Depuis que Jean lui a dit que j'appréciais son clafoutis, tous les dimanches elle en fait un rien que pour nous. Mais moi, son clafoutis, il reste coincé dans ma gorge, comme du béton.

Ce que j'ai le plus de mal à vivre, c'est qu'à cause de tout ça, je ne vois plus Jean comme avant. Insidieusement, un peu plus chaque jour, Jean-mon-amour est en train de se transformer en Jean-le-fi-fils-à-sa-maman, et celui-là, je ne peux pas l'aimer.

74

Au fond c'était peut-être plus facile, là-bas.

J'ai beaucoup réfléchi, ces derniers jours. Je suis allée parler avec Catherine. Elle a eu peur, parce qu'elle s'est rendu compte qu'elle se mettait à boire. Comme ça, tout doucement, sans avoir l'air, un verre par-ci, un verre par-là, sans même se l'avouer. Le petit dur lui disait bien, fais attention, ne reprends pas de verre, mais elle ne voulait pas l'entendre. C'est le jour où, au moment de renverser dans l'évier une bouteille que sa mère avait cachée, elle s'est vue l'ouvrir pour en boire un peu qu'elle a senti qu'elle était sur la pente. Ça lui a fait un choc.

Quand elle m'a raconté ça, j'ai eu un déclic.

Bien sûr il n'y a aucun rapport. Bien sûr la mère de Jean n'est pas comme ça, elle est bien plus gentille, bien plus attentionnée. Aucun rapport avec la Vieille.

Pourtant j'ai comme un doute.

Peut-être que je te ressemble un peu trop, Kivousavé.

Jean dit que je deviens méchante. Je ne peux pas m'en empêcher, je le critique, je critique sa mère. Ça dégénère de plus en plus souvent. Je sais que je ne devrais pas.

Mais est-ce qu'on fait toujours ce que l'on doit ? Peut-être qu'on pourrait dire aussi que tu n'aurais pas dû partir, pas dû laisser papa aux pattes de la Vieille, et moi en prime, comme la cerise sur le gâteau.

Pourtant tu es partie. Tu as su ce qu'il fallait faire.

75

Il y a toujours une solution. Il avait bien raison, mon prof de maths. Cette fois encore, c'est lui qui l'a trouvée, qui me l'a montrée au moment où je ne m'y attendais pas.

C'était vendredi soir, le jour de mon baby-sitting, j'étais partie plus tôt qu'il ne fallait, en marchant doucement dans l'escalier pour ne pas voir la porte s'ouvrir, ne pas voir son sourire, ne pas l'entendre demander, tu es sûre que tu n'as pas peur, toute seule dans le métro, tu n'es pas obligée de les faire, ces baby-sittings, j'ai de quoi te nourrir, tu sais, tu ne dois pas être gênée.

J'avais marché en faisant des détours pour ne pas être trop en avance, en ruminant des pensées plutôt sombres, j'aurais dû être triste, de cette soirée sans Jean, pourtant je me sentais revivre, je retrouvais une part de moi qu'ils ne pourraient pas me voler. C'est dur de penser ça de l'homme qu'on aime, parce que je l'aime, bien sûr, et ça fait mal.

Quand je suis arrivée, le bébé était encore en train de manger. J'ai proposé de lui faire finir son repas, comme ça mon prof pourrait se préparer, j'ai fait l'avion avec la cuillère, pour qu'il ouvre la bouche.

Mon prof m'a demandé si ça allait, j'ai fait une moue, genre mi-figue mi-raisin, je sais que Jean serait furieux s'il me voyait mais j'ai besoin de ça, d'une soupape, Marie je ne peux plus lui parler, Jean vient avec moi à chaque fois, donc au moins tous les vendredis, je peux dire un peu ce que je pense, ça me permet de le savoir, parce que sinon je crois que j'oublierais.

À ce moment le téléphone a sonné, mon prof est allé décrocher, j'ai débarbouillé le bébé, je ne voulais pas écouter mais la porte était restée ouverte, je l'ai entendu qui disait, je ne sais pas, il faudrait que je pose la question, justement elle est là, je te dirai ça tout à l'heure, et il a raccroché.

Il est revenu dans la cuisine et il m'a dit, j'ai des amis qui cherchent une personne qui donnerait des cours de maths à leurs deux filles, une qui est en sixième et l'autre en quatrième, en échange ils la logeraient, dans leur chambre de bonne qu'ils ont aménagée, tu ne connaîtrais pas quelqu'un ?

Mon sang n'a fait qu'un tour, mon cœur n'a fait qu'un bond, enfin tout ce qu'on dit dans ces cas-là, j'ai dit oh si, si je connais quelqu'un, bien sûr, puisque ça m'intéresse ! J'avais le bout des mains qui se gelait, tellement j'étais émue, une voix au fond de moi qui disait c'est ta chance, elle passe, attrape-la tant qu'il est temps. Mon prof m'a dit, très bien, je leur en parlerai, j'ai dit je vous en prie, rappelez-les tout de suite, je ne voudrais pas qu'ils trouvent quelqu'un d'autre, il m'a dit, c'est à ce point-là, j'ai dit oui, presque. Il y a eu un silence, puis il m'a dit ne t'en fais pas, c'est avec eux qu'on va manger ce soir, quand est-ce que tu es disponible ? Moi j'ai dit tout de suite, ce soir, je peux même commencer ce soir. Ne t'emballe pas comme ça, il m'a fait avec un sourire, il faut d'abord que tu les voies, puis que tu voies la chambre, il ne faut jamais se précipiter, ce sont des choses importantes, imagine que tu les détestes, que leur chambre ne te plaise pas, et puis il faut aussi que tu préviennes ceux qui t'hébergent, tu risques d'avoir des susceptibilités à ménager.

76

Il aurait pu plus mal le prendre. Je lui ai expliqué que j'avais besoin d'être seule, que je ne voulais pas que mes problèmes personnels, mes difficultés d'être puissent rejaillir sur nous, que bien sûr ça ne changeait rien à nos rapports, mais que ce serait mieux comme ça, au moins pour cette année, en plus pour moi il y a le bac, il va falloir que je travaille pas mal, et à deux dans sa petite chambre, ç'aurait été difficile, parce que quand je suis avec lui j'ai plutôt envie qu'on bavarde, que d'étudier.

Il était ennuyé, maman ne va jamais comprendre, je suis sûr qu'elle va se vexer, ou encore pire, elle va penser qu'elle a fait une erreur, que c'est pour ça que tu t'en vas.

Je n'ai pas eu le courage de dire que c'était vrai, pourtant c'est la pure vérité, si sa mère n'avait pas été comme ça, omniprésente avec sa gentillesse dégoulinante, je n'aurais pas eu besoin de partir. Mais ce n'était pas le moment, j'en ai déjà dit bien assez au cours du dernier mois. J'ai dit ta mère, je m'en occupe, je vais lui servir un bobard, ne t'inquiète pas pour ça.

Il y a des fois où il est bête, il a dit non, je ne veux pas que tu lui mentes, il n'en est pas question. Pourtant j'avais bien réfléchi : mon père, pris de remords, m'avait loué une petite chambre, pour que je puisse continuer mes études sereinement. Un vrai conte de fées. Elle l'aurait avalé, la mère de Jean, ce genre d'histoires, elles sont bâties pour elle, du sur mesure, là où elle vit, ça arrive tous les jours. Mais Jean n'a pas voulu, tant pis pour lui, qu'il se débrouille.

Il m'a aidée à emballer toutes mes affaires, après il a emprunté une voiture à un copain pour me les transporter, il a fait ça en souriant, comme si c'était naturel. C'est ça qui m'a le plus troublée, le courage qu'il a eu, moi à sa place je crois bien que j'aurais pleuré, j'aurais voulu me retenir, mais non rien de tout ça, je retrouvais mon Jean-que-j'aime. J'ai bien failli ne pas partir.

Mais j'ai bien fait, je suis certaine que j'ai bien fait, je me sens beaucoup mieux dans mon nouveau chez-moi, je vois Jean deux soirs par semaine, il vient ici, les autres soirs je suis toute seule, je peux aller me promener sans rendre de comptes à personne, c'est la première fois de ma vie, la première fois que je suis libre.

Mes deux élèves sont très gentilles, l'aînée surtout, en fait elle est facile, tout ce dont elle a besoin, c'est qu'on lui dise que c'est très bien. Ça fait trois cours que je lui donne, elle a déjà gagné dix places dans sa classe, je crois qu'à la fin de l'année, elle sera facilement dans les premiers. Avec la plus petite, c'est un peu plus difficile, elle s'est mis dans la tête que les filles ne pouvaient pas comprendre les maths, c'est cette idée qu'il faut changer, après ça se fera tout seul.

77

Je crois que Catherine va rompre avec le petit dur, ça me fait de la peine, j'avais fini par bien l'aimer.

Il a un de ses anciens copains, de cette bande qui jouait au flipper, qui est mort d'overdose. Ça lui a flanqué un coup, au petit dur, ça l'a salement perturbé. Il s'est mis à dire à Catherine c'est de ta faute, moi si j'étais resté là-bas, dans le LEP avec lui, ça ne serait pas arrivé, en fait il prend la faute sur lui et comme c'est trop lourd, il la met sur Catherine. Elle, elle ne peut rien faire, elle voudrait bien mais elle trouve ça trop faux, elle ne peut pas mentir même pour lui faire du bien. Le problème, c'est que le petit dur, quand ça ne va pas, il devient violent, l'autre jour il a cassé une porte chez Catherine, sa mère est arrivée à ce moment, elle l'a jeté dehors. Catherine a essayé de le défendre, mais sa mère lui a dit qu'elle en avait assez, que ça faisait presque deux ans qu'elle supportait ce cirque, sans rien dire parce qu'elle espérait que Catherine ouvrirait les yeux d'elle-même, mais que là elle n'en pouvait plus, qu'elle ne voulait plus un seul homme à la maison, et surtout pas un qui casse les portes.

Sa mère ne supporte pas la violence, quand elle était petite, son père buvait, et il battait sa mère. Le moindre geste un peu brutal la terrorise, alors évidemment...

J'en ai parlé avec Marie, maintenant je peux à nouveau la voir en tête à tête, Jean a compris beaucoup de choses, Marie pense qu'il faudrait que Catherine s'en aille, quitte sa mère, elle dit que ça la mine, même si elle ne dit rien, toutes ces bouteilles cachées un peu partout, en plus le pire c'est qu'elle ne peut pas en parler, sa mère nie tout, il suffit que Catherine lui dise le mot alcool pour qu'elle lève les yeux au ciel, ne parle pas de malheur, je ne veux plus jamais revivre ça.

Je crois que Marie a raison, il faudrait que Catherine s'en aille, mais comment faire, elle ne donne pas de cours de maths, et puis de toute façon elle dit qu'elle ne veut pas donner de cours, ni garder des enfants. Au fond elle ne veut pas laisser sa mère.

Depuis que je suis seule, dans cette chambre, je me remets à penser à toi, en fait, je ne sais pas pourquoi, j'ai toujours cru que je te retrouverais dès que je serais libre, dès que je vivrais seule, pourtant tu n'es toujours pas apparue, c'est à désespérer. Parfois je me demande si tu ne me fuis pas, si tu n'es pas là, quelque part, pas loin de moi, à m'observer, et que dès que tu vois que je pourrais te retrouver, tu brouilles les pistes et tu t'en vas un peu plus loin.

78

Hier après-midi, j'ai appelé papa à son travail. Je ne sais pas pourquoi, j'ai eu envie de le revoir, au moins de lui parler. Il en a presque pleuré, au téléphone. Il se faisait plein de souci, bien sûr il savait par Marie que j'allais bien, mais malgré tout il ne pouvait pas s'empêcher de s'inquiéter. Il m'a dit que je lui manquais. C'est drôle, pourtant avant de m'en aller, je jurais que je me vengerais, que jamais je ne lui pardonnerais, maintenant, ma haine est retombée. Ce n'est pas que j'aie oublié, mais il me semble que ça fait tellement longtemps, pourtant ce n'est qu'il y a trois mois que j'ai fait mes paquets. Le temps a passé bien plus lentement que d'habitude, depuis, ou alors j'ai vieilli très vite, comme si chaque semaine avait duré un mois, ou une année.

Il avait l'air tellement content que je l'appelle, je lui ai proposé de manger avec lui un midi. Il a demandé, tu ne préférerais pas passer à la maison ? Maman aussi serait heureuse de te voir. J'ai éclaté de rire, maintenant j'arrive à en rire, j'ai dit tu en as beaucoup des comme ça ? Il n'a pas insisté. On a pris rendez-vous, lundi prochain, comme ça tous les écrits du bac seront passés. Tu vois, au lieu de réviser, je m'amuse à t'écrire après avoir appelé papa. Et encore tu ne sais pas tout, j'ai passé mon après-midi à me chercher une robe. Ça devenait urgent, il fallait que je l'aie pour voir papa, j'ai eu du mal, mais finalement je l'ai trouvée, elle me met en valeur, tu ne la renierais pas. Parce qu'elle est blanche, évidemment.

Ensuite, je suis allée me promener près de la Seine, ma chambre n'est pas très loin des quais, il y avait du soleil et j'aurais cru être en vacances. Remarque, c'est presque les vacances, il n'y a plus de cours, on nous laisse du temps pour réviser.

À propos de vacances, cet été je reste à Paris ; c'est mon premier été de liberté, je vais jouer à la touriste, aller voir Notre-Dame, la tour Eiffel, ce genre de choses que je n'ai jamais vues. Et puis en restant à Paris, ça me permettra de donner quelques cours de rattrapage, j'ai mis des petites annonces, j'ai déjà trois demandes. Parce que sinon, je ne sais pas comment je ferais pour manger.

Marie m'a proposé de venir, comme les autres années, mais moi j'ai envie d'être autonome. Même si Marie a toujours été super, pour elle je suis quand même toujours la petite, celle qui a besoin qu'on s'occupe d'elle, à qui il faut donner des conseils, tout ça, j'ai envie de lui montrer que je peux vivre seule, me débrouiller, et puis ça va lui permettre de souffler un peu, ne plus m'avoir toujours accrochée à ses basques.

Pour Jean, la question ne s'est pas posée, il part comme tous les ans avec sa mère et tous ses petits frères, bien sûr il m'a proposé de venir, je lui ai dit tu connais la réponse, il n'a pas insisté. Il m'a expliqué qu'il ne pouvait pas faire autrement, laisser sa mère toute seule là-bas, il est le seul à avoir le permis, donc les autres ont besoin de lui.

J'aurais pu faire une scène, du genre je trouve que ce n'est pas normal, quand on est amoureux, de faire passer sa mère avant, mais en fait ça me plaît, être tout un mois complètement seule.

79

Très bien, le coup de la robe blanche.

Quand il m'a vue, j'ai senti qu'il tremblait un peu, j'ai demandé, qu'est-ce qui se passe, il a répondu, excuse-moi, mais pendant un moment, j'ai cru revoir...

Je savais ce qu'il voulait dire, alors je l'ai interrompu, j'ai dit ça n'est pas grave, emmène-moi donc au restaurant. Je lui ai fait un numéro de charme, à bien faire remonter les souvenirs de quand j'étais petite, à bien lui rappeler les histoires qu'il me racontait, comment on allait au café, les petits cailloux pour les cygnes, la sorcière, les lutins, même les concours de prouts, j'ai tout joué sur la complicité, lui il s'attendrissait de plus en plus. J'en ai profité pour le faire parler de lui, de ces poè-mes qu'il écrivait, je lui ai dit je voudrais bien les lire, si tu les as toujours, il a proposé de me les envoyer, mais ça il n'en est pas question. Mon adresse il ne l'aura pas. J'ai dit je préfère que tu me les apportes, la prochaine fois qu'on se verra. Ce serait dommage qu'ils se perdent.

Chaque fois qu'il disait quelque chose, je souriais comme si je comprenais, d'ailleurs souvent je comprenais, lui me regardait sans y croire, tu as changé, tu sais, vraiment changé, tu es devenue encore plus belle, et puis, je ne sais pas, mais tu as l'air épanouie. C'est que je suis heureuse, papa, j'ai dit je ne pouvais plus vivre à la maison, mais depuis que je suis partie, je me sens mieux, tu vois je crois même que je ne t'en veux plus.

S'il y avait eu quelqu'un pour nous entendre, je suis sûre qu'il n'aurait pas pu retenir une larme, c'était si émouvant, le père et sa fille qui se retrouvent, qui tombent en sanglotant dans les bras l'un de l'autre, avec un truc comme ça on pourrait faire un film, ça se terminerait là-dessus, père et fille qui s'en vont, main dans la main, loin des vieilles querelles.

J'ai attendu le café, attendu qu'il demande, avec de l'espoir dans les yeux, on va pouvoir se voir assez souvent ? Ça me fait tellement plaisir.

J'ai dit d'accord, mais à deux conditions. La première, c'est que tu n'essayes pas de me faire remettre les pieds à la maison. Je ne veux pas revoir ta mère. Il a hésité un petit peu, puis il a dit d'accord, tu exagères, mais bon, d'accord.

La deuxième, je lui ai dit, c'est que quand on se verra, tu me parleras de maman.

J'ai vu qu'il n'avait pas compris. Mais tu viens de me dire que tu ne voulais pas la voir ? J'ai dit, je parle de maman. Ma mère, pas la tienne.

Ta mère… Tout d'un coup ses muscles ont bougé, j'ai vu qu'il avait peur.

Je me suis dépêchée de lui sourire. Tu vois, j'ai dit, la potion de la fée, son effet est fini. J'ai ri en ajoutant, c'est du chantage, papa, du pur chantage : soit tu veux bien parler de ce secret, soit je ne te vois plus. Pourtant à moi aussi ça fait plaisir.

Je n'ai presque pas eu à me forcer pour lui dire ça. C'est vrai, loin de l'odeur de cire, loin des relents de naphtaline, il en est presque attendrissant, mon pauvre père. Il a dû le sentir, que j'étais à deux doigts d'être sincère. Ça ne l'a pas empêché d'hésiter un long moment, puis il a dit d'accord, mais en échange, je veux qu'on se voie très régulièrement. Toutes les semaines, d'accord ?

J'ai fait tope-là, comme quand j'étais petite, qu'on faisait des paris stupides. Puis je me suis levée, ma robe blanche fait encore plus d'effet quand je me mets debout, je l'ai embrassé sur la joue, et j'ai dit bon, lundi prochain, à la même heure, dans le même café. Et ce sera comme ça tous les lundis, tant que tu ne romps pas notre pacte.

80

J'ai tellement attendu ça, la liberté, j'ai tellement cru qu'un jour, je serais loin de tout, loin de la Vieille du dimanche, loin du parfum de cire, qu'un jour la vie commencerait, que les fruits reprendraient le goût de mon enfance, que ma vie aurait tout entière le parfum de ce soir où j'ai rencontré Jean, où Marie m'a souri pour la première fois, que ma maison serait ouverte, noyée dans un éclat de rire, j'ai tellement cru tout ça… C'est comme ça que j'ai eu la force, la force de résister, de sauvegarder malgré tout un petit îlot de rocher bordé d'écume au milieu du marais, au milieu de cette fausse vie qu'on m'a appris à vivre.

Et maintenant que j'ai tout ça, j'ai l'impression encore qu'il me manque quelque chose. Je crois que c'est pour ça que j'ai voulu revoir papa. Ce qui me manque, c'est celui qu'il aurait pu être, le père que j'ai failli avoir, celui qui t'aurait fait rester, qui m'aurait donné une mère.

81

Je n'avais pas mis ma robe blanche. Il ne faut pas qu'il s'habitue, après elle ne lui fera plus penser à toi.

J'ai fait ça en douceur. D'abord, quelques sourires, un gros bisou sonore sur sa joue grise, on a bu l'apéro en se grillant une cigarette puis j'ai dit bon, on va commencer par le commencement, raconte-moi un peu comment c'était, comment ça s'est passé, quand tu l'as rencontrée. Je crois savoir que c'était pendant ton service ?

Il a eu l'air surpris, je n'ai aucune raison de savoir ça, mais avec un petit sourire charmeur, je l'ai encouragé à commencer sans me poser trop de questions.

Je pense que ça lui fait du bien, de faire remonter ce passé. C'est peut-être ce qu'il y a eu de mieux, dans toute sa vie, il était jeune, donc tout était possible. Ce que je me demande, c'est comment on survit à ça, au jour où soudain on se rend compte qu'on a laissé passer sa chance.

Je n'ai pas appris grand-chose de nouveau, Marie m'avait déjà tout expliqué. Au détail près, c'était la même histoire. La cigarette sur les remparts, le poème qui t'était dédié, la demande en mariage, tout y était. J'ai fait semblant de découvrir, demandé des détails, par exemple comment tes parents sont morts, en fait c'est bête, ils sont morts dans leur lit, dans un bombardement, tu as été sauvée par miracle, ta chambre est la seule pièce qui est restée debout. Tu étais vraiment jeune, un an ou deux pas plus.

J'ai demandé si tu avais gardé des contacts avec ton oncle et ta tante, ceux qui t'ont recueillie, papa a dit que non, tu ne les aimais pas, ils t'avaient exploitée, considérée comme leur bonniche.

Tu détestais faire le ménage ou la cuisine, papa riait en me racontant ça, même la vaisselle tu refusais, du coup il s'y collait.

Ça lui faisait du bien de parler de tout ça, comme s'il le revivait. Mais ma montre affichait trois heures, on a dû partir vite, papa à son travail, moi pour donner un cours.

J'ai oublié de lui demander ses poèmes.

82

Jean est parti jeudi dernier, avec toute sa tribu, je ne suis même pas sûre qu'il était vraiment triste de me laisser. J'espère qu'à son retour, on sera tous les deux plus détendus, parce que les deux dernières fois qu'on s'est vus, il m'a semblé qu'un gouffre se creusait entre nous. Comme j'essayais de lui faire sentir, ce vide que je ressens, ce quelque chose qui me manque, dont je ne sais pas s'il existe, au lieu de m'écouter, il m'a dit finalement, tu étais mieux là-bas, ce dont tu as besoin, c'est qu'on te contrarie. J'ai dit c'est ça, tu dois avoir raison, grâce à toi j'ouvre enfin les yeux, il n'a même pas perçu l'ironie, il a pris un air satisfait en me disant tu vois, tu as quand même besoin de moi.

Ça me fait mal mais tant pis, j'ai plein de choses à faire, en plus Catherine est restée à Paris, il n'y a qu'elle dans son appartement, sa mère est à nouveau en cure, le petit dur est retourné chez lui, elle a envie de s'étourdir, de ne plus trop penser, elle regarde la télé, ça l'abrutit, je lui ai dit on peut faire des choses bien plus drôles, regarder les touristes, et s'il y en a qui te plaisent, on les aborde, on leur fait visiter Paris.

Et puis il y a aussi mon prof de maths, il est là en célibataire, sa femme est partie en vacances, chez ses parents à elle, décidément c'est fou ce que les gens passent les vacances chez leurs parents, moi je ne comprends pas, mais ça doit être parce que je suis tordue, l'esprit déformé par la Vieille. Mon prof dit qu'il reste à Paris pour travailler sa thèse, mais moi je le soupçonne de ne pas avoir eu vraiment envie d'aller dans la famille. Il m'a proposé qu'on se voie, puisqu'on est tous les deux célibataires, il m'a même dit, on n'est pas obligés de faire des maths, si tu veux on peut se payer une toile, ou se faire un resto, ça m'a flattée, l'impression que pour lui, je suis devenue une adulte pour de bon.

Je dois avoir mûri, parce que par contre, je n'ai presque plus rien à dire à Sophie, la vie qu'elle mène, bien au chaud entre son papa, ses frères et sa maman, ça me paraît tellement éloigné de moi, je lui dis mais quand même, tu n'as jamais envie de t'en aller, de vivre seule, elle me regarde avec un air surpris, elle dit pourquoi, explique-moi pourquoi j'irais me fourrer dans une chambre de bonne, sans eau courante ou presque, alors qu'à la maison j'ai une grande baignoire, et qu'on me laisse l'utiliser aussi longtemps que je le veux ? Quand j'entends ça, j'ai l'impression qu'on n'a rien en commun.

Mes cours de maths se passent bien, la plupart des enfants qui ont besoin de cours particuliers, ce n'est pas tant qu'ils ont besoin qu'on leur explique, souvent ils peuvent très bien comprendre tout seuls, non ce qu'il faut, c'est qu'ils sentent que l'on s'occupe d'eux, qu'on croit en eux. D'ailleurs, c'est comme ça que mon prof a eu autant de résultats, comme par exemple avec Sophie, il avait cette capacité, pour toute une classe, de donner confiance à chacun, l'impression qu'on est important, qu'on va y arriver. Avec trente élèves à la fois, je ne sais pas comment il fait, mais dans un cours en tête à tête, c'est très facile, il suffit de dire deux-trois fois voilà, c'est très bien ce que tu as fait, et puis d'aller voir les parents, de leur dire votre fils ou votre fille est très brillant, il fait beaucoup d'efforts, ça va être payant. Rien que ça, ça suffirait presque, souvent les problèmes viennent des parents, ils ont décidé que leur gamin n'arriverait à rien et l'enfant fait tout ce qu'il peut pour être conforme à ce qu'il prend pour un désir.

Je ne sais pas pourquoi je te raconte tout ça, je suppose que tu le sais par cœur, ou bien tu ne t'en es jamais rendu compte, c'est pour ça que tu m'as laissée, enfin je suis injuste, papa a toujours eu confiance en moi, d'ailleurs la preuve, je n'ai jamais eu besoin de cours particuliers.

83

Dis donc, je lui ai fait, tout à fait entre nous, maintenant je connais la vie, je suis née pas très longtemps après votre mariage, tu ne trouves pas ?

Il venait de me raconter comment vous étiez partis en voyage de noces, dans cette île dont j'ai vu la carte postale, c'était le paradis, vous alliez à la plage, tu travaillais tes maths, il faisait des poèmes, vous mangiez dans des tavernes au bord de l'eau, vous buviez du résiné. Il en était à ma naissance, enfin, pas tout à fait, à l'annonce de ma conception, il me disait, tu ne peux pas imaginer quelle joie ça fait, et tout d'un coup j'ai calculé : moi je suis née en février, votre voyage date du mois d'août… Cherchez l'erreur.

Son visage s'est refermé. On ne t'a pas dit ? Tu as été prématurée.

Moi j'ai hoché la tête, pas convaincue.

Mais je t'assure, tu étais prématurée, a insisté papa. Ce n'est pas possible autrement.

J'ai eu encore l'air de douter.

Sinon, a fait papa, sinon ça voudrait dire…

Que tu n'es pas mon père, c'est ça ?

C'est ça.

Tu leur as fait une bonne blague, à la Vieille et à papa, tu m'as faite avec quelqu'un d'autre, puis tu m'as balancée chez eux, avant de t'en aller. Le genre coucou, en quelque sorte. Très amusant. Tu aurais pu penser à moi, mais bon, on ne peut pas penser à tout.

Papa était tout gris, il n'avait plus son air ravi de quand il revit sa jeunesse. J'ai demandé et toi, très sincèrement, tu en penses quoi exactement ?

Il a dit moi… Maman était certaine que tu n'étais pas de moi. J'ai été obligé de lui jurer qu'on l'avait fait, enfin tu vois, avant de passer chez monsieur le curé. Mais ce n'était pas vrai. On n'avait rien fait avant le mariage.

J'ai dit ta mère, je m'en fiche de ce qu'elle a pensé, mais toi, au fond de toi, qu'est-ce que tu crois ?

Sa voix ne tremblait plus, il a dit moi, je suis sûr que tu es de moi. Sûr et certain. Je le sens tout au fond.

Si c'est bien vrai, je dois la vie au professeur Dubar. C'est un grand ponte, a dit papa.

Moi les grands pontes, ça me connaît.

84

Je l'ai trouvé dans l'annuaire. J'ai eu de la chance, il aurait pu être à la retraite, en fait il y est presque ; il a sûrement plus de soixante-cinq ans. Mais il consulte encore, pour quelques vieilles clientes. Sûrement plus beaucoup d'accouchements.

Il a répondu d'une voix grosse mais éraillée – sûrement le tabac, il avait toute une collection de pipes sur son bureau – Mademoiselle, ce que vous me demandez là est délicat, je pense que vous avez entendu parler du secret professionnel, et puis, qu'est-ce que ça peut vous faire, même si je vous disais que vous n'étiez pas prématurée, qu'est-ce que ça changerait ?

Évidemment, il se méfiait, la seule façon, pour qu'il comprenne, c'était de tout lui expliquer. Ce que j'ai fait, très doucement, pour qu'il n'ait pas l'impression qu'au cas où il m'apprendrait quelque chose, j'allais m'effondrer dans son cabinet. Je lui ai expliqué que j'avais besoin de comprendre ce qui s'était passé, et que c'était un élément important, pour ma recherche. Mais que bien sûr, même si j'étais d'un autre, ça ne changerait rien par rapport à mon père, c'est lui qui m'a élevée, c'est lui que j'aime. J'ai besoin de savoir ça pour comprendre qui était ma mère. Mais bien sûr, c'est comme vous voulez, j'ai ajouté.

Il s'est mis à sourire, il a dit quel drôle de petit bout de femme vous faites, je peux bien vous le dire, votre naissance, je m'en souviens très bien, vous étiez tout ce qu'il y a de plus prématurée, vous êtes même le premier bébé que j'aie réussi à sauver si jeune, et j'en suis bien content, parce que vous êtes charmante.

Il avait un ton docte, un peu paternaliste, mais, bon, il pouvait bien se le permettre, après tout je lui dois la vie.

Je lui ai demandé s'il se souvenait de quelque chose, sur ton comportement, il m'a dit je m'en souviens bien, c'est une femme qu'on n'oublie pas, elle a été très courageuse, pourtant elle avait peur. Elle n'a pas crié une seule fois.

J'étais vraiment prématurée. Pressée de sortir. À moins que toi, tu n'aies eu hâte que je m'en aille ?

85

Je n'arrive pas à dormir, j'entends sa voix quand il m'a dit, les choses ne sont jamais si simples, je suis un peu perdu.

La soirée a commencé normalement, je suis passée chez lui, je lui avais acheté des fleurs, je pensais que ça se faisait, quand on est invité, mais c'était vraiment tout. C'était la première fois que j'y allais sans qu'il y ait sa femme, alors je me suis dit qu'il fallait que je marque le coup, c'est pour ça que j'ai pris des fleurs. En fait, j'étais un peu gênée.

Très vite, je me suis sentie bien, assise dans le fauteuil, il m'a servi l'apéritif, on a un peu parlé. Il m'a expliqué le problème qu'il se posait pour sa thèse, je lui ai suggéré de le prendre par l'autre bout, ça marche souvent, en tout cas si on veut faire une jolie démonstration, d'ailleurs c'est ce que tu as fait, plusieurs fois, dans la tienne. Ensuite, il nous a servi à manger, il avait préparé un plat très bon, tout mijoté, un plat indien, il m'a expliqué qu'il aimait bien ça, faire la cuisine, qu'il se demandait s'il n'avait pas loupé sa vocation.

À ce moment sa femme lui a téléphoné, comme le téléphone est dans la même pièce, j'ai bien été obligée d'écouter, je ne sais pas ce qu'elle lui a dit, mais lui n'avait pas l'air tellement ravi. Quand il a raccroché, j'ai demandé des nouvelles du petit, oh, il m'a dit, le petit va très bien, c'est déjà ça, avec une petite moue qui m'a rappelé les miennes.

On aurait dû aller au cinéma, mais je n'avais plus envie de sortir, peut-être parce que j'avais bu trop de vin, avec ce plat indien on a tout le temps soif, on avait bu une bouteille à deux, je n'ai pas l'habitude. Je sentais mes joues rouges, mais ça ne me gênait pas, j'étais sur un petit nuage.

Il m'a demandé si j'étais heureuse, toujours cette manie des confidences, mais là j'avais envie de lui répondre. Je lui ai expliqué, ce quelque chose qui me manque et que je cherche, j'ai dit que je pensais que ça avait à voir avec toi, sans être sûre, il m'a demandé où était Jean, alors je lui ai raconté, le mois avec sa mère, en disant que ça m'était un peu égal, ça ne me faisait pas de mal de me retrouver seule.

Il m'a dit c'est bizarre, que tu me racontes ça, je connais ce problème, tu sais je crois, en vieillissant, que ce sont des choses qui ne s'arrangent pas, on ne peut pas changer les gens, jamais, même si on veut de toutes ses forces.

Et il a ajouté, en me regardant fixement, la vie est merveilleuse, mais le moins qu'on puisse dire c'est qu'elle n'est pas simple, j'ai des problèmes avec ma femme, je ne suis plus sûr de l'aimer, je ne sais pas si elle, de son côté, m'aime toujours, c'est un moment de crise et je me demande bien comment je vais surmonter ça.

J'ai ri, j'ai dit vous plaisantez, je ne peux pas vous croire, mais ses yeux sont devenus tristes, j'ai vu qu'il avait dit la vérité.

Il m'a parlé encore, je ne savais plus comment faire, c'est sûr, je n'aurais pas dû rire, mais je ne m'y attendais pas, s'il y avait quelqu'un que je plaçais au-dessus des problèmes de cœur, c'était bien lui, et voilà qu'il m'a raconté des choses, qui ressemblaient tellement à ce que je vis avec Jean, même si nous on n'a pas d'enfant, que j'en étais abasourdie.

C'était comme quand il explique des maths, limpide, mais là il parlait de sa vie, il expliquait qu'il avait fait toutes les erreurs à éviter, qu'il s'était accroché à une image, qu'il avait cru qu'il pouvait la changer, qu'il avait pensé qu'un enfant, ça arrangerait les choses. Il disait, toutes ces choses, si un ami à moi les avait faites, je lui aurais dit attention, ça sent l'erreur à trois cents mètres, mais moi, je les ai faites l'une après l'autre, sûr que pour moi le monde allait plier, les lois souffrir une exception, et maintenant je suis perdu, je ne sais plus quoi faire.

Je ne me souviens plus exactement de ce que je lui ai répondu, sur le moment ça me paraissait clair, j'ai dû lui dire qu'il fallait qu'il relativise, que c'était parfois simplement un problème de priorités mal définies, comme des hypothèses mal posées, que souvent on s'apercevait que le matin, certains problèmes s'étaient enfuis, et puis qu'avec un peu d'humour, on arrivait à désamorcer bien des drames.

Il a poussé un gros soupir, il a dit que j'avais raison, puis il s'est mis à me regarder d'une drôle de façon, ça m'a fait penser à papa l'autre jour dans le restaurant, alors j'ai regardé ma montre, il était vraiment tard, j'ai dit qu'il fallait que je rentre.

Il m'a raccompagnée chez moi. Au moment où j'allais sortir de sa voiture, il a posé sa main sur mon genou en me disant merci, ça m'a fait un éclair, c'est parti de ma jambe pour irradier mon corps, j'ai senti mon ventre qui remuait, comme la première fois avec Jean, mais en presque plus fort alors qu'il ne se passait rien. Je ne savais plus quoi faire, j'ai cherché la portière en tâtonnant, je n'arrivais pas à l'ouvrir, il m'a aidée, sa main s'est posée sur mon bras, ça m'a fait un deuxième éclair, encore plus fulgurant, encore plus profond, j'ai eu peur, en même temps c'était agréable, je me suis dit je ne vais jamais pouvoir sortir de cette voiture, elle est ensorcelée, mais j'ai quand même eu le courage de dire bonsoir, de remercier pour tout, et j'ai réussi à sortir.

Je suis montée chez moi en courant, avec cette peur qui remuait mon ventre, j'ai ouvert ma porte et c'est idiot, j'ai eu envie de l'embrasser, pourtant c'est une vieille porte qui n'a absolument rien pour elle.

Pendant que je t'écris, je sens encore sa main sur mon genou.

86

Je lui ai dit, que j'étais bien de lui. Ça lui a fait plaisir. Il répétait j'en étais sûr, mais malgré tout, il y a toujours un moment où on doute, tu comprends ça ? En me serrant la main. Je comprenais.

J'ai laissé ma main dans la sienne, dis-moi papa, il y a quinze jours, quand je suis venue te trouver, tu as eu l'air surpris, comme si tu reconnaissais quelqu'un, tu peux m'expliquer ça ?

Il a voulu recommencer à faire l'andouille, il avait la même tête que quand j'étais petite, qu'il disait que tu étais morte, il triturait sa bague. J'avais envie de me fâcher, mais j'ai sorti mon beau sourire, j'ai retiré ma main, et j'ai dit rappelle-toi le pacte, ça serait dommage qu'on ne puisse plus se voir.

Ça va être long à t'expliquer ; il a esquissé un sourire. Et puis c'est le genre de souvenir que je n'aime pas trop remuer.

Juste une seule fois, papa, j'ai le droit de savoir. Tiens pour t'aider, je vais commencer cette histoire. Un jour, maman est arrivée dans ton bureau. Elle avait une robe blanche, elle était belle comme une star de cinéma. Elle rayonnait. Et là, elle t'a dit quelque chose. À toi, maintenant.

Il a souri, un pauvre sourire qui tremblait, je me demande comment tu sais tout ça, tu es très forte, il a poussé un grand soupir, et puis soudain, il s'est lancé.

Ce qu'elle voulait, c'était m'emmener en voyage. Tu étais née depuis six mois, et tu pleurais beaucoup la nuit, on n'avait jamais pu se retrouver, sans compter que ma mère était à la maison, on devait parler à voix basse, maman entendait tout. Ta mère disait qu'elle étouffait. Moi j'attendais que ça se calme, sans trop savoir quoi faire. Mais cet après-midi, quand elle est venue au bureau, si belle dans sa robe blanche, elle avait tout prévu. On devait te laisser à ta grand-mère, pour une semaine, je devais prendre mes congés, et on allait partir sans rien dire à personne. Ça avait l'air très important pour elle, surtout, qu'on ne dise rien. Évidemment, j'ai accepté. C'est comme ça que les problèmes ont commencé.

Avec ma mère, bien sûr. Quand je lui ai dit qu'on partait – il fallait bien la prévenir, n'est-ce pas, c'était elle qui te gardait – elle a insisté pour que je lui donne nos coordonnées. Seulement je ne les connaissais pas. Ta mère ne m'avait rien dit, elle voulait me faire la surprise. Maman ne voulait pas me croire. Elle menaçait de s'en prendre à ta mère, à cette époque, j'espérais encore que le temps aidant, elles finiraient par s'apprécier, je voulais éviter l'affrontement. Donc j'ai promis que dès que je saurais où nous serions, je l'appellerais. Comme ça, s'il t'arrivait la moindre chose, elle pourrait nous prévenir.

C'est à Venise que ta mère m'a emmené. Pour moi c'était un conte de fées. Nous avions une chambre qui donnait sur un canal, nous nous sommes promenés comme deux amoureux, j'ai recommencé à écrire. C'était encore mieux que l'île de notre voyage de noces.

Je l'ai interrompu, et tes poèmes, tu les as apportés ? Je veux les voir.

Là, il m'a fait pitié. Son visage est devenu gris, sa voix un peu plus basse que d'habitude, une voix de gorge qui a du mal à résonner. Je les ai retrouvés, je les ai lus, et puis j'ai tout brûlé. Je sais que tu voulais les lire. Mais je n'ai pas eu le courage. Tu ne peux rien me reprocher – il a eu un pauvre sourire – ce n'était pas dans notre pacte.

Je n'ai rien dit, mais j'ai senti un vide qui s'ouvrait sous mes jambes. Je lui ai fait signe, et il a continué.

C'était un rêve. On ne parlait de rien, enfin je veux dire de rien d'important, ni de toi ni de ce qu'on allait faire, la façon dont on allait vivre, mais on était bien tous les deux. Ensuite, il a fallu rentrer. J'avais hâte de te revoir. On est arrivés en taxi, on est rentrés à la maison, où il y avait maman. Elle était souriante, vraiment gentille, je me suis dit que tout allait bien se passer, que les choses reprenaient un cours normal. Maman a demandé si nous n'étions pas fatigués, si nous n'avions besoin de rien, des choses comme ça, puis, en jouant le jeu, elle a demandé à ta mère à quel endroit nous nous étions cachés.

Ta mère lui a fait un sourire – elle avait des sourires très beaux, doux et profonds – puis elle a dit, ça, voyez-vous,

vous ne le saurez pas, c'est un secret entre mon mari et moi. Maman n'a pas pu s'empêcher. Tiens donc, c'est un secret. Quelle drôle d'idée de me cacher que vous êtes allés à Venise.

Ta mère m'a regardé, j'ai eu l'impression que je l'avais trahie, que c'était pire encore que si elle venait de me surprendre au lit avec une autre femme. Elle a repris sa valise, et elle est partie en claquant la porte. Tu dormais dans ton lit, elle n'était pas allée te voir. C'est ce que maman a dit, immédiatement.

Papa parlait, les yeux fixés dans la glace qui était derrière moi ; je sentais quelque chose s'écrouler au fond de ma poitrine. Ce qu'il disait te ressemblait. Ça t'allait bien. Une belle histoire, une belle idée. Mais le bébé, celui que tu avais laissé pour aller à Venise, sur qui tu n'avais même pas jeté un œil en revenant, ce bébé-là se mettait à hurler au fond de mon cerveau.

87

J'avais promis que je n'irais pas le revoir, pas avant le retour de Jean ou de sa femme. Je savais que c'était dangereux. Je me l'étais promis.

Mais avec ce bébé dans mon cerveau, j'ai eu du mal à surnager. Tout tournait dans ma tête. Comment pourrais-je te ressembler ? Comment pourrais-tu bien m'aider ? Et qu'attendre de toi ? Un abandon, encore ? Mais qu'est-ce que j'avais fait ? Je sais, ça ne se commande pas ; tout de même, tu n'as pas vraiment essayé.

J'ai relu toute ta thèse, deux fois. Ce n'est pas possible que tu aies été belle comme ils le disent, que tu aies eu les idées claires à ce point-là, et que tu sois un monstre. Tu dois bien avoir une faille par où je pourrais me glisser, venir me nicher contre toi, que tu me reconnaisses enfin, après tout je sors de ton ventre, même si je n'y ai passé que six mois.

J'ai tourné tout ça dans ma tête pendant toute la semaine. J'aurais bien voulu que Marie soit là, pour en parler, mais elle en est à peine à la moitié de son séjour, je n'ai pas le courage de lui écrire. J'ai essayé avec Catherine, mais elle a d'autres choses en tête, quand je parle de toi, elle me dit arrête avec ça, essaye plutôt de vivre, tout ça c'est des trucs pour te torturer, peut-être qu'elle a raison, mais ça ne m'aide pas.

C'est samedi, j'avais relu ta thèse pour la deuxième fois, je voulais en parler, alors je lui ai téléphoné.

Il avait repris son ton de tous les jours, on était loin de sa main sur mon genou, de sa voix qui disait, je crois bien que je suis perdu. Il m'a semblé que rien de tout cela ne s'était jamais passé.

Il a proposé qu'on se voie, moi j'ai dit pourquoi pas, je ne me voyais pas raconter mon histoire au téléphone.

Je n'allais pas encore lui apporter des fleurs, alors j'ai pris une boîte de chocolats, je sais qu'il aime bien ça, tant pis si ce n'est pas la saison.

Quand je suis arrivée chez lui, la première chose que j'ai vue sur la table, c'était mes fleurs, elles embaumaient la pièce, une odeur presque un peu trop forte. Il m'a serré la main, il a dit qu'est-ce que tu préfères, on va d'abord au restaurant, ensuite au cinéma, ou le contraire ? Moi j'ai dit le contraire, sans réfléchir, il y avait un film qui passait en bas de chez lui, un vieux film d'avant-guerre, je ne m'y connais pas du tout en cinéma, je n'ai pratiquement rien vu, à part quelques Disney quand j'étais petite, et les James Bond quand la Vieille était à l'hôpital.

C'est lui qui a payé ma place, il a dit ce soir je t'invite, tu ne peux pas me refuser ce genre de petit plaisir, j'ai dit d'accord parce que de toute façon je n'avais pas assez d'argent pour payer tout, le cinéma, et puis après le restaurant.

Le film était très émouvant, c'était une comédie américaine, ça racontait l'histoire de deux employés d'un magasin qui se côtoyaient tous les jours, mais qui ne s'aimaient pas, et qui sans le savoir, par les petites annonces, se mettaient tous les deux à correspondre, jusqu'au moment où ils se donnaient rendez-vous, c'était très drôle, très fin, un bon moment.

À un moment j'ai voulu décroiser une jambe, je l'ai frôlé, ça m'a refait une décharge dans le ventre, j'ai poussé un soupir sans le vouloir, il s'est tourné vers moi, m'a demandé si ça allait, j'ai dit oui oui, oui oui ça va très bien, et je n'ai plus bougé mes jambes.

On est sortis, il faisait chaud dehors, beaucoup plus chaud qu'au cinéma, c'était une salle climatisée, il m'a dit je t'emmène dans un endroit que j'aime bien, j'espère qu'il te plaira, et on est arrivés dans un endroit feutré, avec des alcôves partout, des bougies sur les tables et de la musique douce.

Il m'a demandé ce que j'avais fait pendant cette semaine, j'ai parlé de mes cours de maths, puis très vite j'ai commencé à expliquer, papa, le pacte, et ce qu'il m'avait dit.

Il m'a regardée sans sourire, puis il a dit, je crois que tu fais bien d'aller au bout, ne juge pas trop vite avant de tout savoir, avant de tout comprendre, d'après ce que tu dis, d'après sa thèse que j'ai lue, je crois que ta mère était pure, peut-être un peu trop pure pour la vie qu'elle a eue, et puis j'ai l'impression surtout qu'elle était jeune, elle avait encore des choses à prouver quand elle a rencontré ton père.

Je ne sais pas pourquoi, je me suis mise à pleurer, pourtant ça me faisait plutôt du bien, ce qu'il disait, mais je pleurais, je n'arrivais pas à m'arrêter, lui il ne savait pas quoi faire, il disait mais voyons, il ne faut pas te mettre dans ces états, je vais te chercher une coupe de champagne, ça va te remonter.

Pendant qu'il est allé voir le garçon, j'ai trouvé un mouchoir, la fontaine s'est tarie, en fait je me sentais vraiment bien mieux, très détendue, quand il est revenu j'ai même lancé une plaisanterie, on a ri tous les deux, comme deux gamins qui auraient fait une bêtise.

J'ai dit et vous, ça va mieux que la dernière fois, il m'a regardée dans les yeux, il a dit je crois que ça va bien mieux, il suffit que je te voie pour que je ne me pose plus de questions.

J'aurais dû l'arrêter, je le sais bien, au lieu de ça j'ai dit je ne comprends pas, je n'ai rien à voir là-dedans, il a dit tu n'as pas compris, tu dois être comme ta mère, trop pure pour le monde où nous vivons. Puis il a pris ma main et il l'a embrassée, j'ai senti le désir qui me tordait le ventre, j'en avais le souffle coupé, qu'est-ce que je pouvais faire, je me disais voyons, il est marié, il a même un bébé, en plus il n'est pas beau, mais ça ne faisait rien, presque au contraire, je sentais la vague qui me submergeait.

C'était une banquette en demi-cercle, je me suis rapprochée de lui, et puis j'ai pris sa tête entre mes mains et je l'ai embrassé moi-même, c'était ce qu'il y avait de plus simple.

On est restés comme ça longtemps, je n'avais pas envie de m'en aller, j'avais peur que tout s'arrête aussitôt qu'on aurait franchi le seuil du restaurant, il tenait mon visage entre ses mains et il disait que j'étais belle, tellement belle, qu'il ne pensait qu'à moi depuis la dernière fois, que lorsque j'étais là tout était simple, limpide comme une source claire, il suffisait de m'embrasser.

On a fini par se retrouver dans la rue, il était trois heures du matin, le restaurant fermait, il a dit je vais te raccompagner chez toi, on va prendre un taxi, après je marcherai, je n'ai vraiment pas la tête à conduire, je serais bien capable d'avoir un accident.

Sur la banquette arrière, on ne se tenait plus que les mains, j'avais l'impression que tous mes nerfs étaient concentrés sur un point, il en jouait comme d'une lyre, en les frôlant, en les pressant, je devais me retenir du mieux que je pouvais pour ne pas gémir.

Quand on est arrivés près de la porte de l'immeuble, j'ai vu dans un éclair ce qui allait se passer, on allait se dire au revoir, j'allais monter chez moi, encore une fois avoir envie d'embrasser ma porte, encore une fois ne pas dormir, et lui pendant ce temps allait rentrer chez lui, tout seul dans la nuit chaude.

Je lui ai fait un grand sourire, presque un clin d'œil, et puis j'ai dit, vous voulez voir ma chambre, comment je l'ai arrangée ?

Dès que j'ai refermé la porte, il m'a prise dans ses bras, je croyais que j'allais tomber tellement j'avais envie de lui, il a commencé à me déshabiller, tout doucement, en disant que ta peau est douce, comme une sirène, tu es une petite sirène, et il m'embrassait en même temps.

Je me suis trouvée torse nu, et là, d'un coup, ça a recommencé. La vitre sale, on m'avait chassée de mon corps, j'ai senti la colère qui montait, qui prenait la place du désir, j'étais furieuse d'être comme ça, je l'ai poussé d'un coup, il a failli tomber, il a dit qu'est-ce qui se passe, j'ai pris vite mon oreiller, je l'ai serré en me recroquevillant, assise sur le lit, je pensais non, non ce n'est pas possible, ça recommence, je crois que je n'en sortirai jamais.

Il est venu s'asseoir à mes côtés, il a caressé mes cheveux, il a dit maintenant, si tu veux bien, tu vas tout m'expliquer. J'ai dit mais rien, il ne s'est rien passé, alors il a souri, attends, je ne parle pas de tout de suite, je parle de ce qui s'est passé un jour, quand tu étais plus jeune, peut-être même quand tu étais petite, il s'est bien passé quelque chose. J'ai relevé la tête, j'ai dit comment vous savez ça, il a dit c'est facile, la façon dont tu m'as repoussé, je sais que ce n'était pas moi que tu voyais, pas moi qui étais à ma place, mais quelqu'un d'autre, maintenant tu vas me dire qui. J'ai murmuré, papa, en même temps je me sentais revivre, il m'a dit raconte, raconte-moi, raconte-moi tout, c'est important, alors pour la première fois j'ai raconté, le soutien-gorge, la Vieille qui rentrait de la messe, la voix trop douce, la salle de bains, toutes ces choses que j'avais gardées, que je pensais enfouies à tout jamais, au fur et à mesure que je parlais, je revoyais les scènes, mais elles ne me faisaient plus peur, je me disais, ça n'était pas grand-chose, alors j'ai raconté les photos sous le lit, les tests pour voir si je m'habillais assez vite, les bains que je faisais couler sans me déshabiller, pendant ce temps il caressait ma tête, il disait continue, et quand j'ai eu fini il m'a dit tu es courageuse, tu as bien fait de m'expliquer, je vais te dire, ça n'est pas grave, des choses comme ça il en arrive souvent, c'est malheureux mais c'est comme ça, ce qu'il fallait c'est en parler, tu as bien fait, tu n'as rien à te reprocher, mais inutile de détester ton père, il ne s'est probablement pas rendu compte de ce qu'il te faisait, c'est un pauvre homme, toi tu es bien plus forte, et tu vas t'en sortir.

Je me sentais vidée, j'avais l'impression d'avoir rêvé, la soirée dans le restaurant, les escaliers qu'on avait montés, ma confession, que tout ça n'était pas réel, mais je me sentais bien, comme jamais je crois depuis presque le tout premier moment où j'ai pris ce cahier pour commencer à t'y écrire.

Il m'a dit tu as besoin de dormir, je vais rentrer chez moi, tu me téléphoneras quand tu voudras, si tu en as envie. J'ai dit si vous voulez vous pouvez dormir là, en fait j'avais plutôt envie de rester seule, il m'a dit c'est gentil, mais je crois qu'il faut que tu dormes, et moi aussi, demain je vois mon directeur de thèse, juste avant qu'il parte en vacances. Appelle-moi dès que tu veux, tu sais que je t'attends.

Il est parti, j'ai entendu ses pas dans l'escalier, je sentais sa main sur ma tête quand il la caressait, il faisait ça très doucement, comme papa il y a longtemps, et puis je me suis endormie.

88

Quand même, ça m'a fait quelque chose. Peut-être parce que ma haine s'est émoussée, loin des odeurs de naphtaline. Ou parce que je ne m'y attendais pas. Ce lit tout blanc, ce visage maigre, ces joues creusées, comme rentrées au-dedans du crâne, ce regard recouvert d'un voile opaque, ces tuyaux plantés dans les bras, difficile de la reconnaître. Je me disais, c'est elle, la Vieille, regarde bien, c'est ça qui voulait te détruire, mais, en même temps, ce n'est plus rien, elle a cessé de nuire, cessé de nuire, cessé de nuire.

Il paraît que ça fait très mal, ce qu'elle a eu. Que tout son ventre gonfle, qu'elle n'en a plus pour très longtemps. Qu'on ne peut rien pour elle.

Sa voix était comme enrouée. Ma fille, ma petite fille, tu es venue. C'est difficile, tu sais, ça me fait mal. Promets-moi que tu t'occuperas de ton papa. C'est un enfant, maintenant il n'a plus que toi. Elle m'a dit ma chérie. La première fois que ça lui vient. Je n'ai pas toujours été tendre, mais tout au fond, je t'aimais bien. J'ai peut-être été dure, mais je crois que j'ai eu raison, je ne m'inquiète pas pour toi, tu as du caractère, tu iras loin. Et pour le chien, je te pardonne.

Ma gorge m'étranglait comme un énorme nœud, les larmes me brûlaient les yeux, comme si j'avais tout oublié. Elle a presque failli m'avoir, mais elle a agrippé ma main. Tout est remonté en cascade. Les yeux qui plissent, la langue qui glisse entre les dents, la voix qui siffle, ma pauvre fille, ne prends pas tes airs d'orpheline, tout est revenu en un bond. Je n'ai pas retiré ma main. J'ai demandé, tout doucement, grand-mère, maintenant tu peux me le dire, comment je peux trouver ma mère ?

Le voile vitreux s'est soulevé, un bout de langue est apparu, elle était là, soudain, c'était bien elle, sa voix n'était plus moribonde. Ta mère, je ne veux pas te parler d'elle, c'était une pute. Tu ne la trouveras jamais, j'ai fait ce qu'il fallait pour ça, si tu savais, tu me remercierais. Pour un peu elle aurait souri.

J'ai bien failli partir, arracher ses tuyaux, lui dire vieille salope, tu vas crever et c'est bien fait, mais le bébé au fond de ma mémoire m'a rappelé Venise, alors j'ai dit attends, ce n'est pas forcément ce que tu crois, si je veux voir ma mère ce n'est pas pour lui tomber dans les bras, je sais bien que c'est toi qui de tout temps t'es occupée de moi, qui m'as soignée lorsque j'étais malade, ce que je veux c'est que tu m'aides, je veux trouver pourquoi tu la détestes, comprendre ce qui s'est passé, papa m'a raconté des choses mais je sens qu'il n'a pas tout dit.

Il y a eu un peu de silence, puis sa voix rauque a dit d'accord. Elle a serré ma main entre ses griffes, et elle a dit, la vérité, c'est que c'était une pute, je sais de quoi je parle, je l'ai vu de mes propres yeux. Demande donc à ton père d'où venait cette odeur, ce qu'elle faisait tous les vendredis soir, pendant qu'il restait comme un imbécile à essayer de ne pas penser en s'abrutissant de musique. Force-le à parler, ne te laisse pas faire, même s'il se met à miauler.

Je ne sais pas pourquoi j'ai eu envie de rire. Ses griffes dans ma paume, les bribes d'un secret distillées, c'était trop drôle, presque pas vrai.

J'ai retiré ma main, j'ai dit je dois partir, je reviendrai bientôt, elle a hoché la tête avec docilité, comme aurait fait n'importe quel mourant, et puis, comme dans un mauvais film, avant que j'aie passé la porte, elle s'est redressée, elle m'a dit d'une voix caverneuse, attends que je sois morte, tant que je suis vivante, il ne répondra pas.

Je n'avais pas envie de retourner chez moi, encore moins d'aller voir papa à son travail, le pauvre, il se sent vide comme jamais, mais il donne envie de l'abattre. Je n'en ai rien tiré, la dernière fois que je l'ai vu, tout ce qu'il a pu dire, c'est promets-moi d'aller la voir, elle te réclame, tu ne peux pas lui ôter ça, tu as toujours compté pour elle.

J'ai marché dans les rues, en ressassant ce qu'avait dit la Vieille, en me concentrant sur ses mots, j'ai passé mes deux mains sous l'eau d'une fontaine publique, surtout celle où elle a fourré ses griffes, tous les vendredis soir, d'où venait cette odeur, quelque chose de sordide se rapprochait de moi, mais quoi exactement, je ne le voyais pas.

Je marchais sans faire attention, ça a duré longtemps, soudain je me suis aperçue que j'étais juste à côté de chez Jean, ça m'a fait réfléchir, par quel mystère j'étais arrivée là, comme s'il pouvait m'aider, comme s'il comptait encore.

Je suis allée m'asseoir dans un café, les yeux fixés sur sa fenêtre, comme s'il allait y apparaître, comme s'il avait laissé sa mère pour courir me trouver. Au bout d'une heure, je me suis secouée, ce n'est pas parce que la Vieille va mourir qu'il faut que je devienne superstitieuse, je suis entrée dans un hôtel, j'ai demandé une chambre pour la nuit.

C'est de là que j'écris, le papier peint est encore pire que les guirlandes de roses, à un moment je me suis endormie, j'ai rêvé que j'étais petite, malade dans un hôpital, la Vieille me tenait la main, elle disait ma chérie, à voix très basse, pour que personne ne puisse l'entendre.

Mais ce n'était qu'un rêve.

89

Je ne devrais pas, mais je me sens heureuse. Même les livres au mur me semblent différents, comme auréolés de lumière, plus chauds que d'habitude et presque tendres.

Ce matin, en sortant de l'hôtel, j'étais perdue, je ne reconnaissais plus rien, la ville était devenue étrangère, les gens passaient, j'aurais voulu les arrêter, demander qui j'étais, où était mon chemin, j'ai eu peur de devenir folle et j'ai couru chez lui.

Ça sentait le café, au milieu du salon il y avait toujours mes fleurs, cette fois trop ouvertes, plusieurs pétales étaient tombés mais elles étaient bien là.

Il a dit je me doutais que tu viendrais, je n'ai rien raconté, ni les tuyaux, ni l'hôpital, ni cette histoire de vendredis dont j'ai rêvé toute la nuit, je ne voulais plus y penser, je voulais oublier, repartir pour de bon, je ne savais plus rien que le goût du café, amer comme une orange.

Sur sa table il y avait ses notes, j'ai lu un peu, ça m'a rasséréné, j'avais retrouvé qui j'étais, il y avait une petite erreur, je la lui ai montrée, il s'est penché pour voir, tout près de moi, j'ai senti son odeur et là d'un coup, mon monde a basculé, mon cœur s'est mis à battre comme jamais, mon ventre à hurler en silence, mes yeux se sont fermés, très fort, le vertige m'a prise, après je ne sais plus, nous étions tous les deux nus sur le lit, je sentais des mains qui me caressaient les seins, c'était dur et brûlant, j'aurais voulu qu'il m'écartèle, là, tout de suite, au lieu de ça il a joué avec mon corps, longtemps, ses doigts brûlaient comme un soleil d'été, je n'en pouvais plus de gémir, j'aurais voulu crier prends-moi mais c'est lui qui l'a dit, sers-toi de moi, fais-moi ce que tu veux, alors j'ai empoigné son corps, je me suis emparée de lui, comme ça, sans plus penser à rien, il palpitait en moi, il remplissait mon corps comme jamais je n'avais senti, une cascade, un roulement de tambour auquel on ne peut échapper, tout mon corps battait la mesure, nos deux peaux étaient moites, glissaient l'une contre l'autre, ça vibrait tout au fond et soudain tout a explosé, je n'étais plus que ça, nos deux corps qui tanguaient, un torrent bleu, une vague qui se fracasse sur un rocher, et moi j'étais l'écume, des milliers de gouttes légères et blanches, disloquées tout au fond de moi, chacune poussait un cri, et le tout m'emportait quelque part où il n'y a plus rien, parce que tout est là.

J'ai roulé tout au creux de lui, je n'en revenais pas, j'ai dit c'était beau comme un théorème, il a souri, m'a caressé la tête, ma petite sirène, tu m'as complètement ensorcelé, je n'ai pas pu me ligoter au mât, je vais sombrer mais cela en valait la peine.

J'ai expliqué, la Vieille, l'hôtel, cette histoire de vendredi soir, il m'a dit tu avances, inexorablement, prends tout ton temps, tu y arriveras.

Il a parlé encore, je me suis endormie. À mon réveil j'ai vu qu'il avait dû sortir, il avait laissé un mot sur la table, petite sirène, entre tes bras je crois que je me suis trouvé, j'ai eu de la chance de croiser tes eaux. La vie t'attend, petite sirène, mais donne-moi de tes nouvelles.

90

Il m'attendait devant la porte.

D'abord, j'ai eu un geste de colère, tu n'as pas à venir ici, comment as-tu eu mon adresse, je t'interdis, mais quand j'ai vu ses yeux, je me suis tue, et quand il a ouvert la bouche, je savais ce qu'il allait dire, maman est morte, toute seule ce matin à l'hôpital.

J'ai dit tout ce qu'on dit dans ces cas-là, un troupeau de clichés, ça valait mieux pour elle, comme ça elle n'a pas trop souffert, ne t'en fais pas, on va s'en occuper ensemble. J'aurais dû me mettre à pleurer mais c'était impossible, je n'étais même pas triste, tout juste un peu bizarre, comme si ce deuil qui n'était pas le mien était déjà fini depuis longtemps.

On est allés la voir. Elle était froide, de la viande congelée, ils font ça tout de suite, pour pouvoir les garder sans qu'ils pourrissent. Papa pleurait tout doucement. J'ai mis ma main sur son épaule, je sentais les sanglots. On est passés aux pompes funèbres, c'est moi qui ai dû négocier, lui se contentait de me dire comme tu voudras, c'est toi qui sais, il aurait dû me faire pitié, en fait il m'agaçait. Ensuite on est allés à la maison, là il s'est effondré, je t'en supplie j'ai peur, reste avec moi juste une nuit, avec une voix d'enfant, je l'ai trouvé minable. J'ai dit d'accord, mais c'est la dernière fois, il faut que tu apprennes à vivre seul, il est grand temps. Il a dit oui, comme tu voudras, tu as sûrement raison, il parlait sans y croire, comme si sa vie tenait à ça, un goutte-à-goutte distillé par sa mère, comme si la source avait tari, qu'il ne savait plus comment faire. Il était là, assis sur son fauteuil, prostré, avec cet air de chien battu dont j'ai toujours eu honte, j'avais envie de l'écraser, je lui parlais avec une drôle de voix, tout d'un coup j'ai réalisé, c'est le ton de la Vieille, un grand frisson m'a parcourue, et je me suis reprise.

J'ai mis de la musique, son morceau préféré, je lui ai servi du whisky, j'ai allumé une cigarette, il s'est mis à parler.

Il parlait comme on parle seul, presque à voix basse, je n'écoutais que d'une oreille, c'était déjà assez, toute sa vie déroulait, entre les phrases, tous ses échecs illuminés, mon père, c'était un faible, pas un père comme il faut, maman, je l'adorais, c'était une femme si courageuse, bien sûr, elle était dure, elle avait comme on dit du caractère, mais une droiture, une volonté, je l'ai toujours prise en exemple, je ne lui arrive pas à la cheville, elle voulait que je réussisse, je l'ai déçue, maintenant c'est trop tard, peut-être que si j'avais été moins faible, j'y serais arrivé. Maman voulait que je sois prêtre ou médecin, au lieu de ça je suis un petit fonctionnaire, je n'ai même pas eu d'avancement depuis cinq ans, un salaire de misère, maman pensait que je ferais mieux que mon père, lui il se laissait faire, il n'a jamais rien dit de bon, rien fait de bon, à part jouer sur son accordéon, mais maman n'aimait pas, alors il a dû arrêter, je n'ai désobéi qu'une fois, je n'aurais jamais dû, elle savait mieux que moi, j'aurais dû l'écouter, ne me marier qu'avec une fille qu'elle aurait aimée, en fait je vais te dire le fond de ma pensée, je n'aurais pas dû me marier, j'aurais dû me faire prêtre, seulement voilà, je n'avais pas la foi, encore une chose que je tiens de mon père, il était agnostique, moi je n'ai jamais pu lui avouer, mais je crois bien qu'au fond de moi je suis athée, pourtant ça me fait mal, penser qu'elle va pourrir, qu'il n'en restera rien, pas une miette de cette femme. Elle était belle quand elle était jeune, elle avait vraiment tout pour elle, elle aurait dû rester célibataire, mon père ne la méritait pas, elle aurait pu faire une carrière, à l'école elle était brillante, moi je n'ai jamais pu, les meilleures notes que j'aie eues c'est quand elle faisait mes devoirs, impossible de faire mieux qu'elle, le poste que j'ai, c'est elle qui l'a trouvé, sans elle je ne serais rien, j'avais en tête d'être poète, tu te rends compte de l'absurdité, d'ailleurs, mes poésies, elle n'a jamais voulu les lire, avec une famille à nourrir, on ne s'amuse pas à ça, au bout du compte elle avait bien raison, si j'avais su, mais à l'époque je ne comprenais pas, pourtant elle seule était lucide, elle ne voulait que mon bonheur.

J'ai dit papa, elle a beau être morte… elle a quand même chassé ta femme, ça ne t'a pas rendu heureux.

Chassé ma femme ? Ses yeux vitreux se sont posés sur moi, comme s'ils découvraient ma présence. Chassé ma femme ? D'où as-tu sorti ça ?

Elle ne l'a pas chassée ?

Mais pas du tout. Qu'est-ce que tu es allée imaginer ? Ce qui est vrai, c'est qu'elle ne l'aimait pas. Dès la première fois, je l'ai vu dans ses yeux, et après ça s'est dégradé. Il faut comprendre. Elle faisait tout à la maison, elle s'occupait de toi, elle faisait le ménage, même la lessive, et ta mère laissait faire, elle ne se levait pas, même pour débarrasser la table, elle allait étudier. Maman ne comprenait pas ça, qu'on préfère étudier plutôt que de remplir son rôle, pour moi c'était comme un martyre, dans ses yeux je lisais tu vois, je l'avais dit, cette femme n'est pas pour toi, elle n'aime pas sa fille, ne s'en occupe pas, alors de temps en temps j'essayais de parler, d'expliquer à ta mère qu'il fallait qu'elle y mette un peu du sien, qu'elle fasse un pas, mais ça jamais, elle était bien trop fière pour faire une concession, elle me disait, on s'est mis d'accord là-dessus quand je t'ai épousé, j'ai dit que je ne voulais pas arrêter mes études, que je travaillerais, tu avais dit d'accord, ce n'est certainement pas ta mère qui va me dicter ma conduite. Moi j'étais pris entre deux feux, sur le moment je donnais raison à ta mère, mais dès que je voyais maman, je ne savais plus quoi lui dire, qu'est-ce que j'aurais pu faire, entre le marteau et l'enclume ? Maman n'a pas chassé ta mère, mais ta mère est partie, un jour, sur un coup de tête.

J'ai dit papa, je sais qu'il y a eu autre chose.

Il s'est servi un autre verre, il a bu une gorgée, puis il a dit, une autre chose, vraiment, je ne vois pas, c'est pourtant assez simple, j'ai l'impression.

Il cherchait à me regarder en face, pour bien prouver qu'il ne me mentait pas, mais moi je regardais sa bague, elle tournait dans ses doigts.

Tu ne devrais pas me mentir, tu déshonores l'âme de ta mère en me mentant comme ça le jour où elle est morte, j'ai dit d'un ton un peu lugubre.

Je l'ai vu frissonner, on aurait dit qu'il la voyait, l'âme de sa mère déshonorée, on a beau être athée, il y a des images qui frappent, puis il a dit d'une voix plaintive, c'est maman qui m'a fait jurer…

Elle m'a dit de te faire parler, elle a même précisé que tant qu'elle serait vivante tu ne parlerais pas. Maintenant elle est morte, alors tu vas parler.

Il a dit dans le fond, ce n'était pas grand-chose, simplement des soupçons que maman avait eus, ta mère n'a jamais rien fait pour prouver le contraire, ce n'était pas grand-chose, je ne sais toujours pas pourquoi ça a tourné comme ça. Maman pensait qu'il y avait quelqu'un, que ta mère me trompait si tu préfères, parce qu'elle sortait tous les vendredis soir. Moi je sais bien qu'elle allait à un séminaire, des étudiants qui préparaient leur thèse, mais maman ne le croyait pas. Elle disait qu'elle pouvait flairer l'odeur de l'adultère. Un jour il y a eu une scène, j'étais présent, c'était justement un vendredi soir, ta mère est rentrée à minuit, moi ces soirs-là j'écoutais ma musique, maman est sortie de sa chambre, elle était en peignoir, je pense qu'elle avait dû veiller exprès, elle a demandé à ta mère, alors cette soirée, j'espère que vous vous êtes bien amusée, ta mère a dit certainement, d'autant plus que je n'ai pas eu à supporter vos récriminations, alors maman a dit, ne prenez donc pas vos grands airs, mon fils et moi n'ignorons rien de vos agissements, et je vous prie de les cesser. Ta mère l'a regardée, de haut en bas, elle la dépassait de deux têtes, et elle s'est mise à rire. Maman a dit des choses horribles, elle l'a traitée de chienne, vous osez rire, pourtant vous sentez le mâle à cent mètres, tous les vendredis soir vous empestez, c'est moi qui lave votre linge, il y a des choses qui ne trompent pas. J'étais vraiment très ennuyé, je me rendais bien compte que maman allait trop loin, il faut dire qu'elle était à bout, j'ai bredouillé que c'était mon problème, que j'allais le régler moi-même, elle a crié que j'en étais bien incapable, aveuglé par mes cornes, et elle est partie dans sa chambre après avoir claqué la porte. Ta mère s'est effondrée, de gros sanglots, ça ne lui arrivait jamais, elle a dit qu'elle n'en pouvait plus, qu'il fallait trouver un moyen. C'est à ce moment-là qu'elle a décidé de partir.

Sa bague ne tournait plus, pourtant il continuait de la toucher de temps en temps.

J'ai dit papa, vraiment, à quoi ça peut servir, que tu me caches encore des choses ? Est-ce que ça ne fait pas suffisamment de temps, que le roi est bossu ? Dis-moi ce qu'elle voulait, la princesse japonaise, avec sa robe blanche et ses lunettes noires, cet été où elle est partie, dis-moi ce qu'elle t'a dit, quand elle est venue te voir au bureau.

Il a eu un faible sourire, puis il a dit, tu es très forte, je ne peux pas te résister, c'est un peu comme avec maman.

Il a respiré un grand coup avant de se lancer, ce qu'elle voulait, la princesse japonaise, c'était m'emmener avec elle, comme à Venise, mais cette fois beaucoup plus loin, et pour toujours. Parce qu'elle avait aussi un secret, la princesse japonaise, un secret encombrant, qui se faisait un peu plus lourd tous les matins, qui la rendait bossue à sa manière, et qu'elle ne voulait pas que maman le devine.

Il s'est arrêté de parler et il m'a regardée. Il attendait.

Tu veux dire qu'elle était enceinte, c'est ça ? Mais qu'est-ce que ça pouvait bien faire ?

C'était limpide, tout d'un coup. Limpide comme une équation.

Vous ne le faisiez plus depuis longtemps, n'est-ce pas, j'ai dit. Et ta mère le savait.

Papa ne parlait plus, mais dans ses yeux petits d'avoir pleuré, je voyais que j'avais compris.

J'ai dit, après je te promets que je ne t'en parlerai plus, mais il faut que je sache, cet homme qu'elle voyait le vendredi soir, est-ce que tu sais qui c'est ?

Il avait du mal à parler, sa voix n'était plus qu'un filet :

Son professeur, c'était son professeur.

91

Ça m'est égal.

Je viens de forcer le tiroir de son bureau. Impossible de trouver la clé. J'ai esquinté la marqueterie, tant pis pour l'héritage. Il a cédé.

Inventaire du tiroir secret : quatre photos ; deux cahiers d'écolier ; un petit ours ; une tresse retenue par un ruban de velours rouge ; un éventail en dentelle noire ; un livre de poèmes ; un grand cahier où elle a noté toutes mes maladies.

La vie d'une Vieille en résumé. La preuve qu'un jour, elle a été petite. Qu'elle s'endormait avec son ours. Qu'elle jouait à la dame, à la princesse avec un éventail. Qu'elle lisait des poèmes. Qu'elle était bonne élève. Qu'elle avait des cheveux bouclés. Qu'elle m'a soignée, lorsque j'étais malade.

Sur les photos, difficile de la reconnaître. D'abord, elle est petite, presque un bébé. Déjà la langue entre les lèvres.

Ensuite, elle doit avoir mon âge. Une grande robe, un chapeau de paille. Dans le sourire, comme un air de famille. Désespérant. Sur la troisième, elle est en mariée. Les yeux levés, l'air inspiré.

La quatrième, ce n'est pas elle. Pas seulement. C'est elle et moi, à un anniversaire. J'avais trois ans.

Des autres, il n'y a pas trace. Ni de papa, ni du grand-père, ni même du chien. Rien qu'elle et moi.

J'ai tout brûlé, ça ne m'intéresse pas.

92

Jean est rentré pour l'enterrement, j'ai appelé là-bas, dans ce village où il était, le numéro en cas d'urgence, c'est l'épicerie du coin. Bien sûr, je rentre immédiatement, ma mère pourra se débrouiller, de toute façon elle n'a plus qu'une semaine ici, un voisin la mettra au train, il a roulé toute la nuit pour me rejoindre. À l'enterrement, il a été très bien, à la fois présent et discret.

Après, on est allés manger, il y avait deux-trois vieilles qui se cramponnaient à nous, surtout à moi, pour être juste, la vieille à la lavande n'était pas là, elle doit être en vacances, les seules présentes, c'étaient de vraies salopes, qui écrasaient des larmes, nous allons tant la regretter mademoiselle, en lorgnant du côté de Jean pour pouvoir s'indigner, la prochaine fois, lors de leur prochain thé, c'est incroyable, elle n'a vraiment aucun respect, amener son amant au cimetière, et le père qui laisse faire, tout ça ne tournera pas bien, elles faisaient leurs provisions de médisance, et puis elles débattaient, savoir où elles allaient dresser leur camp pour les prochaines séances de thé, chez la Vieille ça n'était pas mal, c'était central, mais maintenant plus personne n'habitait au centre.

On a laissé papa devant la maison, j'ai promis de venir bientôt pour l'aider à trier un peu, mettre de l'ordre, s'installer dans sa nouvelle vie de vieux garçon. Ensuite, je me suis retrouvée seule avec Jean.

On est allés chez lui, pas dans sa petite chambre, mais dans l'appartement, c'est moi qui l'ai attiré là. À peine a-t-on passé le seuil que je lui ai sauté dessus, c'était comme un besoin inextinguible, en fait je voulais voir, savoir si le tambour allait se mettre à battre, les vagues se fracasser sur les rochers, l'écume m'inonder, toutes ces choses auxquelles j'avais pensé même pendant la messe, même au moment où j'avais jeté ma poignée de terre sur le cercueil, ou même hier, quand j'ai appris le nom de ton amant.

Je ne saurais pas l'expliquer, mais moi ce qui m'intéressait, c'était d'aller faire ça dans le lit de sa mère.

J'ai entendu au loin quelques roulements de tambour, j'ai humé l'odeur du ressac, mais tout s'est arrêté très vite, je me suis trouvée sur la grève, sans avoir eu le temps de me mêler aux flots. Jean, lui, était heureux, tout fier de ce qu'il avait fait, il disait c'était bien, drôlement bien, j'aimerais que ta grand-mère meure plus souvent, il riait comme si c'était drôle, soudain il m'a semblé stupide, il me faisait penser à quelqu'un d'autre, ça ne me plaisait pas.

Je ne voulais plus réfléchir, j'ai dit allons au cinéma, mais pendant la séance, je n'ai rien vu, mon esprit chevauchait des vagues, dans une pièce où il y avait des bibliothèques, un bouquet de fleurs sur la table, une odeur de café, une voix qui m'appelait petite sirène, et quelqu'un avec qui j'allais pouvoir parler de toi.

J'ai dit je voudrais rester seule, ce soir, si ça ne t'ennuie pas, il a dit c'est comme tu voudras, c'est toi qui sais, mot pour mot ce qu'a dit papa, il avait un air amoureux que j'aurais bien giflé. Je l'ai raccompagné au métro, et puis je suis partie pour aller le rejoindre.

Il était tard quand je suis arrivée, j'ai sonné à la porte, j'avais préparé mon plus beau sourire, mes mains tremblaient, mes lèvres palpitaient.

Quand elle m'a vue, sur le pas de la porte, elle a eu un mouvement de recul, elle ne m'a pas souri comme elle fait d'habitude, il ne manquait que toi, avec les yeux qui me déchiraient presque, et puis elle est partie très vite, en me laissant dans le salon.

Mes fleurs n'étaient plus sur la table, à la place il y avait un bavoir orange, un bavoir en plastique, avec Mickey, je l'ai pris dans mes mains en me disant enfin, tu redescends sur terre, la voilà la réalité, il est temps que tu le comprennes.

Mon prof est arrivé, l'air désolé, excuse-moi, tu tombes vraiment mal, je voulais te prévenir, elle vient juste de rentrer, tu es arrivée au mauvais moment, je lui expliquais ce qui s'est passé.

J'en suis restée la bouche ouverte, j'ai répété d'un air stupide ce qui s'est passé... moi je n'avais rien dit à Jean, j'ai entendu en un éclair la Vieille qui chuchotait c'est bien, tu me ressembles, j'ai senti nettement mes jambes qui partaient de mon corps, puis tout ce que j'ai vu c'est une petite voiture d'enfant oubliée là, et deux paires de chaussons qui s'approchaient de moi.

93

Comment peut-on être aussi bête, je me tuerais.

J'ai l'impression de voir la Vieille, sa langue entre ses dents, son souffle sur ma nuque, ou plutôt dans mon ventre, qui gonfle, gonfle, pour m'empêcher de m'envoler. Pourtant, cette fois elle n'y est pour rien, ce n'est quand même pas elle qui m'a forcée à partir ce soir-là, à loger à l'hôtel, à me précipiter au matin vers la mer et ses tambours, avant de filer à la morgue, d'appeler Jean, de l'emmener dans le lit de sa mère, d'arracher à papa le nom de ton amant, tout ça sans penser un instant, un seul instant, à ma pilule.

Trois jours d'interruption, juste au milieu du cycle... Pendant ce temps, vous n'étiez donc plus protégée, a dit le médecin. Si vous étiez venue immédiatement, on aurait pu envisager de vous donner une forte dose, une pilule du lendemain, mais là c'est un peu tard, il faut attendre pour faire un test.

Tout tourne dans ma tête, je ne sais plus à quel endroit j'en suis, dans mon histoire, ni même qui je suis, qui se prépare, ça sonne comme une punition divine, non, ce n'est pas possible, Kivousavé, ce n'est pas juste, je ne veux pas te ressembler comme ça, pas moi aussi un bébé dans le ventre, un bébé de mon professeur, je n'en veux pas, pas maintenant, pas comme ça.

Mais toi, dis-moi, mais toi, qu'est-ce que tu as pu faire, comment t'es-tu sentie, ce matin-là, quand tu as eu la certitude qu'il était là, que tu n'en voulais pas ? Parce que tu n'en voulais pas, n'est-ce pas, tu n'as pas pu vouloir cet enfant, alors que déjà moi, je t'étais un fardeau, d'ailleurs il n'est pas beau, avec ses yeux de vautour bleus, tu ne peux pas être sa femme, n'est-ce pas ? Le grand ponte est parti en Grèce, j'ignore pour combien de temps, tu n'as pas pu le faire exprès, de ne pas être là quand je l'ai rencontré ? Et si tu étais pire que la Vieille ?

En fait je n'en sais rien.

Peut-être que tu es partie très loin, et pour de bon, partie toute seule avec un enfant dans le ventre, c'est pour ça que tu m'as laissée. Mais lui, cet enfant-là, mais c'est un imposteur, il m'a volé ma place, il n'a rien mérité, il a entendu tes chansons quand elles étaient pour moi, il a embrassé ton sourire pendant que moi, il me restait la Vieille et les odeurs de naphtaline, ce n'est pas juste, j'ai envie que tout le monde meure, après, ça ira mieux, forcément mieux, puisqu'il n'y aura plus rien.

Personne ne peut m'aider, je les vois bien, chacun à sa manière, apprenant la nouvelle, Jean me disant, ça ne fait rien, je prends l'enfant même s'il n'est pas de moi, je ne veux pas te perdre, reviens vivre avec moi, maman nous aidera pour le bébé, je vois mon prof, avec son beau sourire, ne t'en fais pas, je ne vais pas t'abandonner, ma petite sirène, dis-moi de quelle somme tu as besoin, je vais te faire un chèque, mais moi, je n'en veux pas de son argent, je ne suis pas une pute, on ne m'achète pas, et puis papa, je le vois bien, papa, un bébé, mais c'est merveilleux, reviens donc vivre à la maison, on l'élèvera tous les deux, on lui racontera des histoires de princesses et de rois, tout ça me fait vomir, tout ça a une odeur de bile, très jaune, je n'en peux plus.

Je n'en veux pas, je n'en veux pas, pour rien au monde je n'en voudrais, s'il venait c'est bien simple, je l'abandonnerais avant qu'il ait deux ans.

Je voudrais me couper le ventre, ouvrir tout ça, prendre mes boyaux dans mes mains, tout rouges, comme des bijoux, extirper cette chose, la jeter au-dehors de moi.

94

Ça fait plus d'une semaine que j'attends, concentrée sur mon ventre qui n'arrête pas d'enfler, désespérément clos, qui garde tout à part la bile, tous les matins. Je pense aux femmes qui ont pu vivre ça, à toi, quand tu m'as faite, et puis aussi aux autres, à celles qui voudraient bien, celles dont le ventre reste ouvert, à béer tous les mois, à rejeter hors de lui ce qu'on appelle la vie, sans jamais la garder.

Le seul moyen de ne plus penser, c'est de dormir, mais même comme ça, il y a de vieux démons qui rôdent, j'ai vu la Vieille, comme à ses plus beaux jours, précédée par l'odeur de naphtaline, elle disait ma petite, encore un peu et tu vas me trouver, comme si c'était elle que je cherchais.

J'ai rêvé de toi plusieurs fois.

La première fois, tu me regardais sans rien dire, tu voyais que j'étais enceinte, tu étais belle, beaucoup plus belle que moi, et tu disais, tout ça pour en arriver là, je pensais retrouver une fille, ce n'est qu'une mère, je n'aime pas ça, tu me déçois, j'ai bien fait de t'abandonner.

La deuxième fois, je n'étais pas enceinte, mais toi tu me disais, qu'est-ce qui t'est passé par la tête, de croire que tu me ressemblais, c'est à la Vieille que tu ressembles, comme deux gouttes d'eau, déjà bébé, tu étais son portrait craché, c'est pour ça que je suis partie, c'était insupportable, alors maintenant laisse-moi.

La troisième fois, je rencontrais ta fille, celle qui était dans ton ventre, quand tu nous as abandonnés, elle me disait, laisse-nous donc un peu tranquilles, nous ne sommes pas du même monde, maman et moi nous nous comprenons à mi-voix, nous avons passé notre vie ensemble. Après tu arrivais, tu lui passais le bras autour du cou, et tu disais, tu vois, celle-là je l'ai réussie. À ce moment, je m'apercevais que ta fille, c'était la femme de mon prof, elle avait les mêmes yeux qui me fixaient, qui triomphaient, qui me criaient, pauvre petite, tu ne peux pas m'atteindre.

Jean est venu me voir, il a monté les escaliers, j'espérais que c'était mon prof, mon cœur battait, mais à sa façon de frapper, j'ai su que c'était lui, alors je suis restée derrière la porte, sans lui ouvrir, je l'entendais qui respirait, qui espérait, moi je ne bougeais pas, finalement il est parti, et ça m'a fait pleurer.

Je laisse les volets fermés, je ne veux pas voir le soleil, j'ai bien trop chaud, je ne veux pas sortir.

95

Je n'avais plus de cigarettes, alors j'ai dû descendre, je suis entrée dans le tabac comme un fantôme, et je l'ai vue, assise à une table, très pâle. Bien sûr, ce n'était pas le hasard. Je m'en suis voulu de ne pas être restée dans ma chambre, d'avoir eu envie de ces cigarettes, mais une fois là, il n'y avait pas moyen de l'éviter, je me suis dirigée vers elle, j'ai dit bonjour, elle était vraiment pâle, elle m'a répondu d'une petite voix, est-ce que tu veux bien qu'on parle un peu. J'ai dit bien sûr, et je me suis assise.

Il m'a parlé, elle m'a expliqué, il m'a tout raconté, d'après ce qu'il m'a dit c'est une belle histoire, je ne vais pas te faire la scène de l'épouse outragée, tu n'as pas vraiment brisé un ménage, il n'y avait plus grand-chose, depuis quelques années, même avant la naissance du petit.

À ces mots j'ai senti mon ventre qui enflait un peu plus, je me suis demandé si elle allait le voir, mais non, pour elle, j'étais toujours moi-même, je ne m'étais pas transformée en matrice.

Elle continuait, les yeux fixés sur le bout de sa cigarette, elle ne croisait pas mon regard, une belle histoire où je ne voudrais pas interférer. Malheureusement maintenant il y a cet enfant, c'est de ça que j'avais envie de te parler, je voudrais être sûre que tu étais d'accord, tu es encore très jeune pour assumer un jeune enfant, c'est très prenant, ça demande beaucoup de patience, tu as sûrement envie de vivre, de faire des choses, et je voulais savoir à quoi tu étais prête, par rapport à mon fils.

Mon ventre enflait, j'ai pensé incroyable, en voilà encore une qui veut abandonner son fils, c'est une manie, je me suis mise à rire, un peu trop fort pour que ce soit joli, en fait j'aurais préféré pleurer, ou bien peut-être tout casser.

Elle a eu l'air surprise, elle s'attendait à tout sauf à m'entendre rire, j'ai dit excusez-moi, je sais bien que ce n'est pas drôle, je ne peux pas vous expliquer, ça me paraît tellement absurde, en quelques jours, vous êtes prête à me laisser votre mari, et à me donner votre fils en prime, mais moi je n'ai rien demandé. J'ai d'autres choses en tête, ce qui s'est passé pendant votre absence, ça n'a pas d'importance, je me demande ce qu'il a pu vous dire, je n'ai jamais voulu vous prendre votre place, encore moins votre fils, il a besoin d'une mère, pas d'une gamine. Tout en parlant il me semblait que quelque chose remuait dans mon ventre, la sueur perlait à mon cou, glacée, comme quand on a très peur, j'avais envie que ça s'arrête, d'être chez moi, roulée en boule sur mon lit, ne plus rien faire qu'attendre, que tout le monde me laisse en paix, au lieu de ça elle était là en face de moi, me déchirait de ses yeux clairs, je trouvais ça stupide, ça n'avait rien à voir avec ma vie.

Il y a eu un long silence, elle me fixait toujours, je crois que si elle avait pu, elle m'aurait découpée avec ses yeux, ensuite, comme on rend une sentence, elle a dit d'après toi, ça n'a pas d'importance, et tu penses sérieusement que je suis venue te donner mon fils, moi j'ai dit oui, absolument, c'est exactement ce que je pense, et moi, de votre fils, je n'en veux pas, si vous voulez savoir, j'ai toujours détesté les gosses, j'ai mieux à faire que de torcher le vôtre.

Elle s'est levée, très digne, elle a dit je vais lui raconter ça, j'ai dit racontez-lui, ça ne me dérange pas, et dès qu'elle est partie, je me suis mise à sangloter.

Je suis perdue, mais je ne pouvais pas faire autrement.

Je ne veux plus te ressembler, Kivousavé, je veux choisir ma propre voie.

96

La nuit dernière, j'ai rêvé de toi, encore une fois. Dans mon rêve j'avais fait une thèse, je venais juste de la finir, je trouvais qu'elle était très belle, presque aussi belle que la tienne, et je venais te l'apporter, te l'offrir en cadeau de retrouvailles. Tu ne la regardais même pas, tu me disais, mais tu n'as rien compris, tu t'es trompée d'adresse, je ne suis pas du tout celle que tu crois, j'ai mieux à faire que de lire tes équations ; et si tu veux savoir, j'ai toujours détesté les maths, ce n'était qu'une lubie d'adolescente. Tu attendais un peu, le temps que ça me fasse bien mal, et puis tu ajoutais, tu vois bien que tu me ressembles, tu ne suivras jamais ta propre voie, tu marches sur mes pas que tu le veuilles ou non, et quand tu crois t'en écarter, c'est pour mieux rejoindre ma trace.

J'ai passé la moitié de la journée à tenter de comprendre, ce n'est qu'un rêve, mais il m'a fait du mal.

Jean est repassé pour me voir, je ne lui ai pas ouvert, je ne veux pas le voir tant que je ne sais pas, je préfère rester enfermée, sans même entrouvrir la fenêtre, je voudrais m'endormir, et ne jamais me réveiller.

J'ai envie de tout oublier, tout ce que j'ai vécu jusqu'à présent, envie de ne plus exister, envie que tu n'existes plus, ni toi, ni le grand ponte, ni mon prof, ni papa, ou bien ne jamais les avoir connus, je me demande si je vais continuer les maths, je ne sais pas où est ma voie.

97

J'ai passé encore deux jours dans ma chambre, sans même entrouvrir la fenêtre, à ne rien faire à part attendre, attendre sans rien faire, recroquevillée en moi-même comme si je n'existais pas. Je ne savais plus si je rêvais ou non, s'il faisait jour ou nuit, si le monde existait encore, tout s'était mélangé, il n'y avait qu'un entrelacement de voix, presque solides, comme une forêt plantée si profond dans ma tête que je ne pouvais pas en sortir. Il y avait la voix de Catherine, réfléchis bien, ne deviens pas comme moi, une criminelle, il y avait la voix de la Vieille, tu me ressembles, je ne m'inquiète pas pour toi, celle de papa, son professeur, c'était son professeur, il y avait la voix de mon prof, petite sirène, la vie t'attend, la voix de Jean, laisse-moi entrer, je ne veux pas te perdre, celle du grand ponte, un esprit qui s'arrête en plein envol, c'est une catastrophe, et moi je ne savais plus où j'étais.

Une seule voix manquait, dans la forêt. Je l'avais oubliée.

Quelqu'un a frappé à la porte, d'abord j'ai cru que c'était encore Jean, je ne voulais pas lui ouvrir, mais quand j'ai compris que c'était Marie, je n'ai pas pu la laisser là, à s'inquiéter sur le pas de ma porte. J'ai dit attends une minute, j'ai ouvert la fenêtre, en grand, pour aérer, dans la glace j'étais lugubre, alors j'ai passé mon visage sous l'eau, en frottant bien pour que mes joues soient rouges, je me suis habillée, puis j'ai ouvert la porte. Marie m'est tombée dans les bras, elle m'a dit tu m'as bien manqué, je m'étais habituée à l'été avec toi, je n'arrêtais pas de penser à toi, de me demander ce que tu faisais, j'aurais bien voulu une lettre, j'avais hâte de rentrer, de te revoir.

J'ai senti la vie qui me revenait, du fond du cœur, ensuite Marie m'a regardée, elle a dit qu'est-ce que tu as fait, tu n'es pas bien, mais qu'est-ce qui s'est passé ?

J'ai dit le principal, j'ai peur d'être tombée enceinte, je ne sais pas de qui, alors j'attends, je ne peux rien faire d'autre.

Elle s'est mise à rire, il y avait longtemps qu'il n'y avait pas eu de rire, entre ces murs, le rire ne poussait pas dans ma forêt de voix, elle a dit à ce régime-là, tu peux attendre encore longtemps, si tu ne te nourris pas, que tu ne bouges pas, que tu passes tes journées à t'angoisser, sûr que c'est un coup à avoir des semaines de retard. Depuis combien de temps joues-tu à ce jeu-là, espèce d'idiote ?

Elle m'a emmenée chez elle, elle m'a fait boire un peu, manger des fruits du jardin qu'elle avait rapportés exprès pour moi, le soir elle est venue me border dans mon lit, je n'en revenais pas d'avoir pu l'oublier, de n'avoir plus pensé à elle un seul instant.

Le lendemain, je n'avais plus d'angoisse.

La patte du destin m'a épargnée, je n'assassinerai personne, mon ventre est vide, j'en ai pleuré de joie, Marie, c'est grâce à toi, tu es ma bonne étoile, je lui répétais en pleurant, elle secouait la tête, touchée sans vouloir le montrer, mais qu'est-ce que c'est que cette idiote, en plus tu es devenue bête, bête et sentimentale, je ne te laisserai plus jamais l'été seule à Paris.

Je lui ai raconté, les fleurs qui s'ouvraient sur la table, la Vieille sur son lit de mort, même Jean chez sa mère, même papa, ses yeux lorsque j'étais petite, sa voix d'enfant battu, le nom de ton amant, j'ai tout déballé d'un seul coup.

Elle m'a bien écoutée, elle souriait de temps en temps, je savais qu'elle me comprenait, les choses devenaient faciles à dire, comme si au fur et à mesure que je parlais, elles reprenaient leur place, comme si je devenais plus grande, et que les arbres de ma forêt de voix devenaient plus petits que moi.

Quand j'ai eu terminé, Marie n'avait rien eu besoin de dire, je savais ce que je devais faire.

J'ai pris une feuille et j'ai écrit à Jean, je lui ai dit qu'il pouvait m'en vouloir, mais que je n'allais pas continuer à le laisser frapper à une porte sans jamais lui répondre, que cette porte, je ne pourrais pas lui ouvrir, même si c'était injuste, même s'il n'y avait pas de vraie raison, mais que c'était comme ça. Aussi impossible à lui expliquer que mon amour pour les mathématiques.

Ensuite, c'était plus difficile, j'ai hésité. J'ai même failli attendre un autre jour pour me lancer. Mais faire ça, ç'aurait été ouvrir grand les fenêtres sans se débarrasser des bouts de naphtaline, et j'avais trop envie de vent.

Cette deuxième lettre, je ne l'ai pas relue, je ne sais même plus ce que j'y ai mis, j'ai dû tout y jeter en vrac, mes cauchemars, mon ventre qui enflait, ce regard qui me déchirait, ce besoin de casser, de n'être plus moi-même, d'échapper au passé, d'échapper à mon ventre, de ne plus voir ces yeux qui m'auraient découpée. Pour finir, j'ai dit que la sirène n'avait pas encore fait son choix, l'océan ou la terre, les jambes ou la queue de poisson, mais que peut-être, un jour ou l'autre, on pourrait s'inventer une île, ou un bateau.

98

Quand je suis arrivée, il m'attendait assis dans son fauteuil, il n'avait pas mis de musique, je me suis demandé depuis combien de jours il était là, sans rien faire, à m'attendre. J'avais apporté des croissants, normalement il les dévore, mais là il en a mangé un demi, on aurait dit que chaque bouchée l'étouffait.

Il m'a dit je n'ai pu toucher à rien, mais toi n'hésite pas, s'il y a des choses qui te plaisent, des habits que tu voudrais prendre, tu peux te servir comme tu veux.

Ça m'a laissée sans voix.

On est passés dans la chambre de la Vieille, ses pieds traînaient sur le parquet ciré, j'ai dit, tu es si malheureux que ça, il a dit oui, si tu savais, c'est une souffrance horrible, pendant ce temps j'ouvrais l'armoire bourrée de naphtaline, l'odeur m'a pris la gorge, j'ai plongé les deux bras dans un tiroir et j'ai jeté le contenu par terre, il me semblait qu'elle était encore là, accrochée à ses bas, tapie au fond de ses gaines en nylon, tout ça m'a paru répugnant, d'une indécence de charogne.

Il s'était assis sur le lit, il m'observait, faisait des commentaires, ne fais pas ça, tu vas les abîmer, fais attention, ma petite fille.

Le petite fille était de trop, j'ai dit attends, si tu veux je repars, tu te débrouilleras seul avec toutes ces horreurs.

Il a repris son air de chien battu, j'ai senti la rage qui montait, sans que j'aie même envie de l'empêcher.

Péniblement, avec sa voix d'enfant trop vieux, il s'excusait, je ne sais plus ce que je dis, c'est un tel choc, ça fait tellement de mal d'être privé de mère.

J'ai dit et moi, est-ce que tu penses à moi ?

Il a dit mais bien sûr, toi aussi tu es malheureuse, toi aussi tu aimais maman.

Je n'ai pas pu me contrôler, j'ai explosé, mais bien sûr je l'aimais, cette vieille folle et ses histoires d'odeur, cette vieille salope qui a chassé ma mère, qui l'a poussée dans les bras d'un autre homme, regarde bien comme je l'aimais, en même temps je prenais ses affaires, je cassais ses petites statues, ses souvenirs de Lourdes, déchirais ses culottes, piétinais ses papiers, je lacérais ses draps, j'étais comme une furie mais je me sentais bien.

Il s'est levé, le visage crispé, il a dit d'une voix ferme, une voix comme je ne lui en avais pas entendu depuis longtemps, maintenant ça suffit, tu as passé les bornes, tu vas respecter sa mémoire.

Respecter sa mémoire, respecter sa mémoire, est-ce qu'elle a respecté la mienne ? Est-ce que ça vaut quoi que ce soit, ce qu'elle y a ancré ? Combien de fois elle me l'a répété, ta mère était une pute, une pute, tu m'entends ? Le genre qui traîne sous ton lit, le genre que tu regardes, comme un minable, comme un raté, toujours soumis à cette vieille, à cette salope qui n'aimait que son chien.

La minable c'est toi, a dit papa.

Il était calme, il se tenait bien droit, sa voix ne tremblait pas, il me regardait dans les yeux, et il ne touchait pas sa bague. Tu te crois très intelligente, tu t'imagines que tu sais tout, mais au fond tu n'as rien compris, tu ne sais même pas à quel point nous avons pu t'aimer.

Tu appelles ça aimer, de me priver de mère ?

Son regard avait quelque chose de terrifiant.

Écoute bien. Quand ta mère est partie, tu es tombée malade. Gravement. Plusieurs mois d'hôpital. Tu as failli mourir. J'étais à la clinique, en dépression. C'est maman qui t'a veillée, maman qui a passé ses nuits à ton chevet.

Elle a toujours adoré jouer les victimes.

Un jour, ta mère est venue te chercher. Maman lui a dit que tu étais morte. Elle est repartie aussitôt. Elle n'a même pas demandé où se trouvait ta tombe.

Je ne voyais plus rien, les larmes coulaient sur mes joues.

C'est tout ce que j'ai à te dire. Tu peux t'en aller si tu veux.

99

Ce n'est pas rien, une maison de grand ponte, en tout cas celle-là, elle vaut le détour, toute en pierres blanches, avec un grand jardin, le long d'une allée bordée d'arbres qui donne sur un parc.

Ça fait vingt-trois jours que tous les soirs, je viens rôder autour.

Ce soir, pour la première fois, les volets sont ouverts.

Il n'y a pas de glycine le long des murs. De toute façon, ce n'est plus la saison.

J'ai beau ne rien savoir, j'ai quand même trouvé ton adresse. C'était facile, les grands pontes c'est dans l'annuaire.

Il m'aura été bien utile, finalement. Avec tous ses efforts pour m'empêcher de te trouver, il m'a donné la preuve, la certitude que tu étais toujours sa femme.

Entre nous tu es mal tombée, ce type et ses yeux de vautour, je ne suis pas certaine qu'il vaille mieux que papa.

C'est drôle, de toute ma vie, c'est maintenant que j'ai le moins besoin de toi. Je pourrais me précipiter, mais non, je prends mon temps, je rajoute une dernière phrase, un dernier coup de plume à cette lettre que j'ai écrite pendant sept ans.

Tu me diras, pourquoi me la donner, si tu n'as plus besoin de moi, qu'est-ce que ça peut bien faire, qu'elle trouve sa destinataire ?

C'est à toi de répondre à cette question.

Ouvrage réalisé par le Studio graphique des Éditions du Rouergue

Reproduit et achevé d'imprimer
par l'Imprimerie France-Quercy à Mercuès
en février 2008

Dépôt légal : mars 2008
N° d'impression : 80258
ISBN : 978-2-8415-6915-1